COMIC BY HOM

大城小事

BIG CITY, LITTLE THINGS

5

CONTENT

喀！
早安，士崎！
早啊多雅，今天行程是什麼？
喀！

十點和林董會面，兩點和A社開會。
一早就要開會啊！
啊——我得找時間先處理上次老李那個案子！
不必擔心，那個我已經做完了。
喔？
另外……
B社、C司、D案的合作都談妥了，E案和F案的工程狀況已確認完畢，目前都在進度控制內沒有問題，G案、H案、I案、J案、K案的報告我已經幫你先檢查過了，需要注意的部分我有另外做備註，L和M和N上次的反饋我也處理完畢，至於O和P和Q的那些問題……
我都搞定了。
嘻
哈哈很好！
HAHAHA
妳辦事我放心！

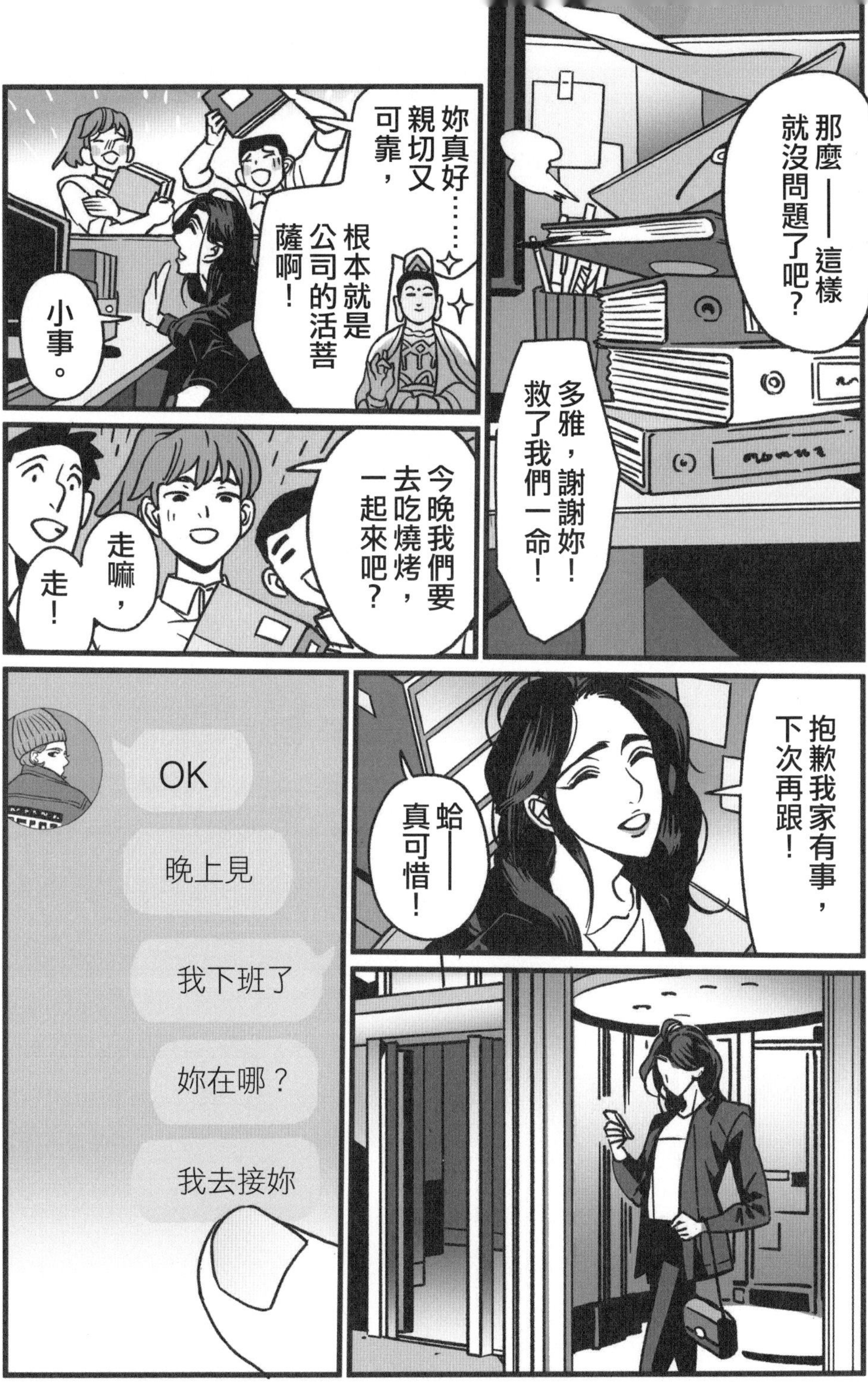
那麼——這樣就沒問題了吧？
多雅，謝謝妳！救了我們一命！
妳真好……親切又可靠，
根本就是公司的活菩薩啊！
小事。
今晚我們要去吃燒烤，一起來吧？
走嘛，走！
抱歉我家有事，下次再跟！
蛤——真可惜！
OK
晚上見
我下班了
妳在哪？
我去接妳

「冰淇淋與薯條」

小玫，
這張頭貼跟妳本人不太像耶。
妳覺得我照片詐騙嗎？
哎呀怎麼會～當然是本人比較漂亮囉！
只是氣質不一樣，
我以為是個小女孩，妳比我想像中成熟，
為什麼大頭照要選這張？
嗯——
不想被認識的人認出來。

有什麼關係？會在那個APP看到妳的人，也是圈內的吧？
是這樣沒錯，但……
妳還是不知道會被傳到哪去，
會變成哪些人茶餘飯後的話題——
「天啊！原來她是GAY～」
我不喜歡這種感覺。
哈哈我懂，我朋友……
喀
我朋友就碰過這種事。
這些八卦人GAY跟LES都不分的。
妳胸前的刺青圖案有什麼意義嗎？

沒有任何意義。
唏⋯
留在身上一輩子的圖案，妳居然這麼隨意？
不會是一輩子啦，久了褪色會變，或我去補圖，
又或者哪天就去把它洗掉囉。
噢——
我大學時也有過想刺青的念頭，
只是想不到什麼圖案對我來說有特別的意義，
而且我爸媽一定不能接受。
妳父母也是比較保守的類型呀？
他們很傳統。
噯噯
所以妳，

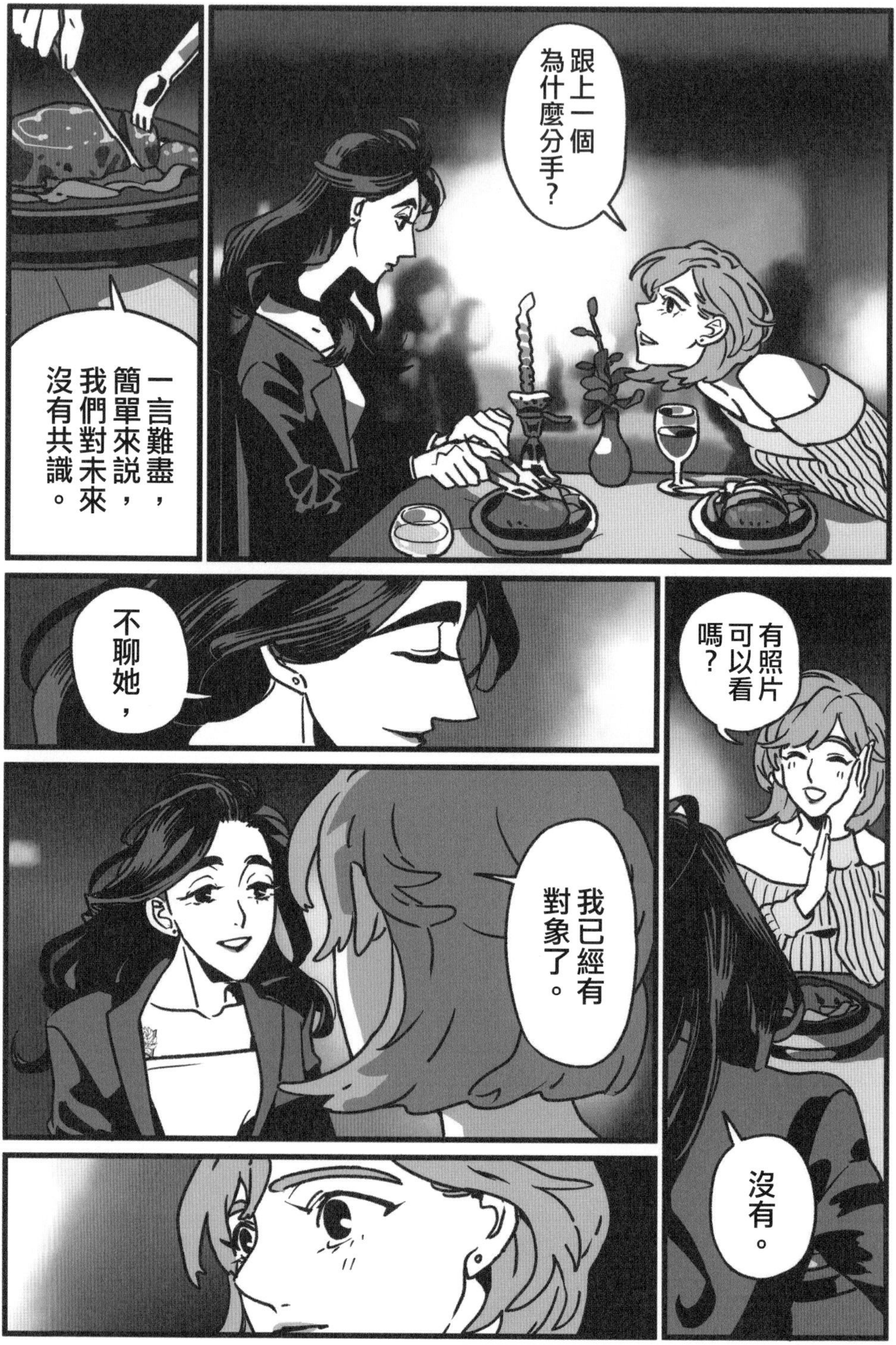
跟上一個為什麼分手？
一言難盡，簡單來說，我們對未來沒有共識。
有照片可以看嗎？
沒有。
不聊她，
我已經有對象了。

鏗。

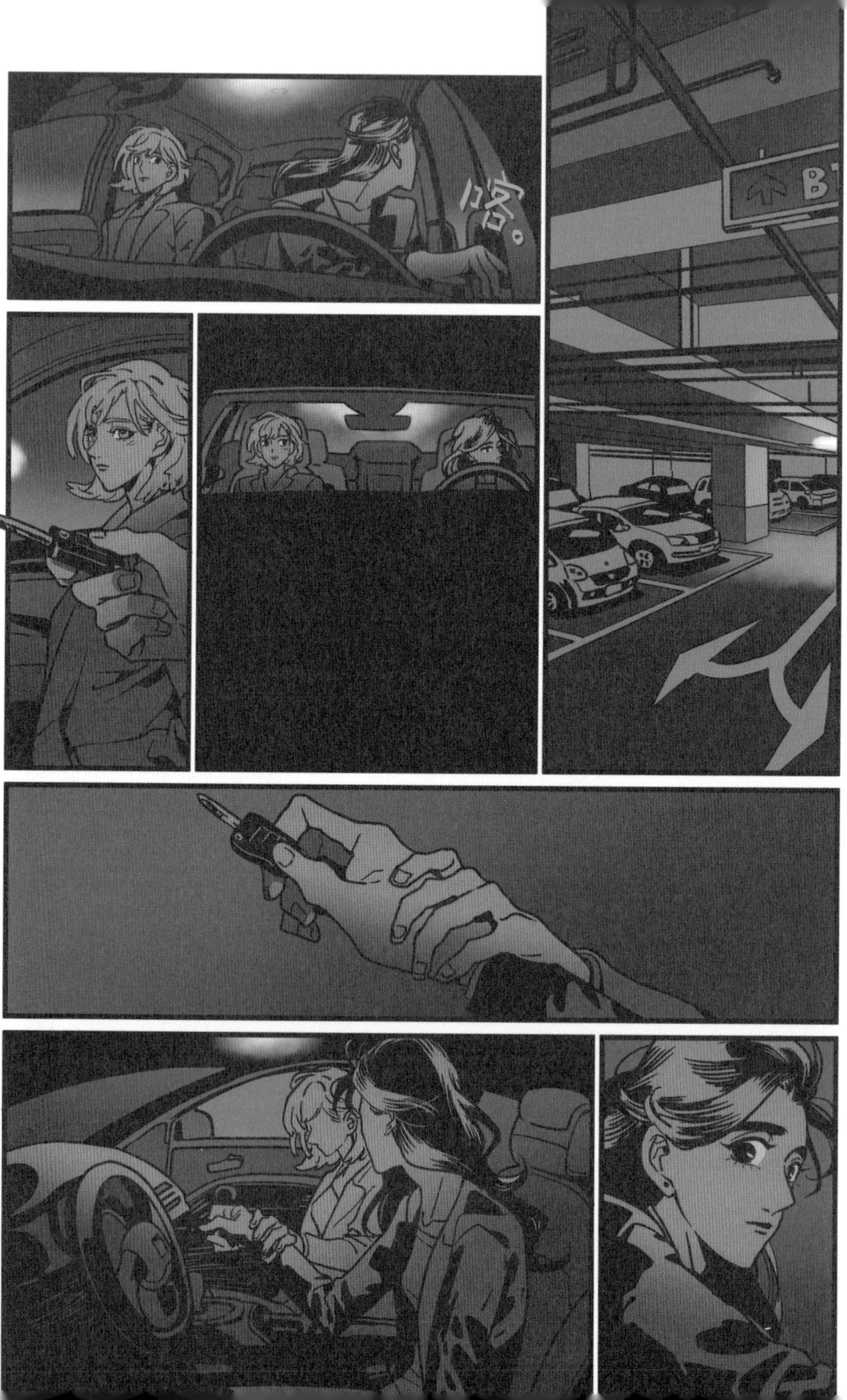
喀。

唔……
妳醒啦，早啊。
熱水，睡得好嗎？
很好啊，妳的枕頭很好躺。
CHU

早餐想吃什麼？
啊，現在幾點？
九點半。
這麼晚了！
假日嘛！睡晚一點沒關係吧？
附近有間不錯的早午餐。
唔——抱歉下次吧，我得回家。
嗯？妳家有事情？
嗯。
是唷，真可惜。
好哇，那就下次！妳們家有什麼事？
我要——

陪我老公和兒子吃早餐。
嘶—

妳已婚？王八蛋！為什麼沒說!?
咦？我有啊，我昨天晚餐時說已經有對象了。
AHAH!!!
哎呀小朋友你要幹嘛？
那種説法誰都會誤會吧!!
所以妳不是在說我!?
喵♥
啊，原來妳誤會了？
抱歉抱歉沒講清楚。
妳對得起妳老公嗎？
為何妳看起來一點罪惡感都沒有啊!?
我們感情很好，妳不用擔心。
我才不是擔心!!
等著玩火自焚吧妳！
我沒有在玩，我是真的喜歡妳。
那……幹嘛不離婚啊！
欸——我不想，婚姻跟愛情是兩件事，
而且都很重要。
妳……
我——

想要一個家，
想要有個孩子，
但她不要，
她說：
「我們是不會幸福的，
尤其是孩子。」

砰！
呵
對不起，讓妳失望。
爛人！
走開！

喂喂——奐元，我要回家了，
你們早餐想吃什麼？
媽咪媽咪～
我想要吃麥當勞！
乒乒
乒！
麥當勞？那你有沒有問把拔喜不喜歡呀？
把拔說好！我想要吃冰淇淋跟薯條！
OKOK！
噠…
那媽咪等一下就回家囉，掰掰！

您好，請問要點什麼呢？
沙沙…
大麥克、麥克雞塊、鱈魚堡，都是薯條套餐。
其中一杯飲料可以換冰淇淋嗎？
不好意思冰淇淋要另外點唷！
嗯——好吧，我要一杯，套餐飲料請給兩杯咖啡和柳橙汁。
謝謝光臨！
沙沙

Wzzzzz...

HONDA
Honda Cars Taipei Neihu
刪除好友

……然後啊，那個劉以豪就跳過隔壁的妹，跟我要LINE，結果……
他買車要我算優惠啦！害我自作多情！
問完之後，就完全不理人了！
根本就用完就丟！
感覺很差勁捏！
蛤——好衰喔！
而且他很故意，給妳看對話內容，有夠會撩的！
HAHAHA...
人家帥嘛～欸欸我要先看照片！
……忘了吧，專心上班！

……妳怎麼在這？
我要來看車。
真巧啊原來妳在這裡上班～
不要一副若無其事的樣子！
妳不是有一臺奧迪？
那是公司車，我沒那麼有錢。
妳居然私下開去用!?

奐元
妳好。
請問您有特別想看的車款嗎？
是老公吧……
哼！真想告訴他你老婆給你戴綠帽……
奐元，這位就是昨天跟我約會的女孩！
喔喔！嗨！妳好妳好！
妳口味變囉？
我胃口一向很廣。

怎麼這麼尷尬啊，
看來人家不歡迎妳喔？
讓我猜猜，
妳白目搞砸了昨天的約會，把人家惹火了，
現在還裝成巧遇，跑來撒嬌？
唉唷——你誤會我了！
我真的不知道她在這裡上班唷～
哦？就不要讓我看到妳的瀏覽紀錄有搜尋過的痕跡啊！
你絕對找不到的，
賭一頓茹絲葵？
HAHAHA
HAHA
我老婆給妳添麻煩了，真是抱歉。
沒……沒關係……
小姐～

我們想看休旅車的車型，
可以幫我們介紹嗎？
請稍等，我請其他人接待您……
啊，不用，
噠噠
妳好！不好意思！
成皓
把拔～
我們是一起的。

我剛剛看到一隻大蝸牛！
真的嗎？
媽媽、
兒子、
有多大？
這—麼—大！
爸爸……
那這男的是誰？

……所以，用十二期來算，每期是這個價格，
如果分成二十四期，利息是這樣的。
奐元你覺得怎樣？
嗯——

乙式保險之外你們還有想要的嗎？
隔熱紙。
還有行車記錄器。
這臺車會登記在誰的名下？
啊！
躂！
來。
謝謝姐姐！

姐姐……？
我的年紀應該是叫阿姨啊……
（雖然不想承認）
妳不要亂教，我跟他說只要是女人都要叫姐姐。
六十歲以上也不例外！
誰才在亂教啊！
TA TA TA
他要妳跟他一起玩車子。
砰砰！
他在害羞，他喜歡妳。
蛤？
小孩真難懂

……
我看還是用現金買吧！
我ＯＫ～錢嘛再賺就有了！
你要看看存摺嗎？
你們可以先考慮後再給我回覆。
所以到底是誰的車？
WOOF WOOF
那麼，之後有任何問題，隨時都可以打給我。
他叫繃啾。
HA HA HA
好可愛～
HA

我送妳下樓吧。
不必了！
……

啪!
喀…

妳還在生我的氣嗎？
……我不想聊這個。
為什麼他男朋友會同意你們結婚？
成皓喔？這個嘛——
他只要奐元能陪在他身邊就好了，
但奐元是獨子，家裡逼得很嚴，
他父母發現他們的關係時，成皓一度差點被打死。
打？
動手就太誇張了吧！
家家有本難念的經嘛。
我實在很納悶這些長輩
到底為什麼這麼想控制小孩的人生啊？
關他們什麼事？
……觀念不同，反正就是這樣了。

很多人都會被長輩逼婚啊，但——
為什麼要結婚啊？
大家不都搬出去過自己的生活就好了？
為什麼不行？
什麼為什麼……
我問你們為什麼要讓長輩決定自己的人生？
哈——我們可沒有被刀架著威脅喔！
這是自己決定的。
你們就是互相當煙霧彈嗎？
煙霧彈？才不是咧！
……所以？
我們三個還一起分擔房貸、車子、生活費，照顧亮亮和繃啾……
房子好貴，一個人根本買不起。
煙霧彈加分母。
……那她呢？
誰？

又不是跟她分手後未來就沒選擇了，
妳還是可以找個真正愛的女生一起養小孩啊。
妳要嗎？
不要！
妳看吧～
己所不欲，勿施於人啊。
這句話不是這樣用的吧!!
我覺得很奇怪啊！
妳可以跟男人生小孩，
那幹嘛還要假結婚？
找個正常的老公嫁掉不就好？
噯——
不是妳想的那樣，我們沒有發生關係。
我們都無法接受異性的身體，
就算可以，也不代表我們能夠相戀。
還有，
奐元跟我確實是夫妻，不能說「假」結婚吧？

說假哪裡不對？
妳明明就是個蕾絲邊！
裝什麼異性戀？
裝什麼正常家庭？
這樣難道不假嗎？

妳剛剛用了「正常」兩個字。

這就是我這麼假的理由。

……抱歉。
別道歉啦，我知道妳納悶的點。
呵。
如果真的是兩個媽媽，會給小孩帶來什麼影響？
哇哇
我也曾經想過不顧一切，但隨著和她分開、當了媽媽，
我的想法開始變得以孩子為主。

在學校被當成異類？
會不會遭受歧視偏見？
法律上我會是孩子的單親媽媽，
而她的身分只能是同居室友，
就算我們三個一起過生活，
他們還是法律上的陌生人，
這代表——
他能不能正面看待自己的家庭結構？
先不講這些好了……
她沒有孩子的監護權，要是哪天我出事，孩子可能會被送去遠親那，
孩子也可能無成為對方的保險受益人，
她也不能決定醫療程序……

無法成為母親的母親，
那條路太難走了。
無論如何對現在的我來說，
只要孩子平安快樂長大就夠了。
我是愛他的。
跟不愛的人成家，真的幸福嗎？

太妹&乖學生
又被抓去戒菸班啊？
下午作業借我抄。
奐元跟我認識了大半輩子，
從國中開始就是好朋友，
他們讓我在疲憊加班之後有歸屬感，
這樣的家就很好了。
TUUUUT...
TUUUUUT...
TUUU
妳的車來了。

我們還是可以當個朋友吧？
喀。
下次去吃妳說好吃的早午餐！

喀。

嗨媽……
露露～你回來啦！
小玫妳也回來啦！
妳……當初還這麼反對我養貓！
現在我的地位比露露低嗎？
小玫，有妳最愛的蛤蜊濃湯喔！
我幫妳熱一熱來喝吧！
蛤蜊濃湯！
妳爸知道妳今天要回來特地做的。
看對妳多好！
最近工作怎麼樣啊？
老樣子。
什麼時候會把男朋友帶回家給我們看看啊？
我沒有啦……
什麼!?誰!?
就說沒有！

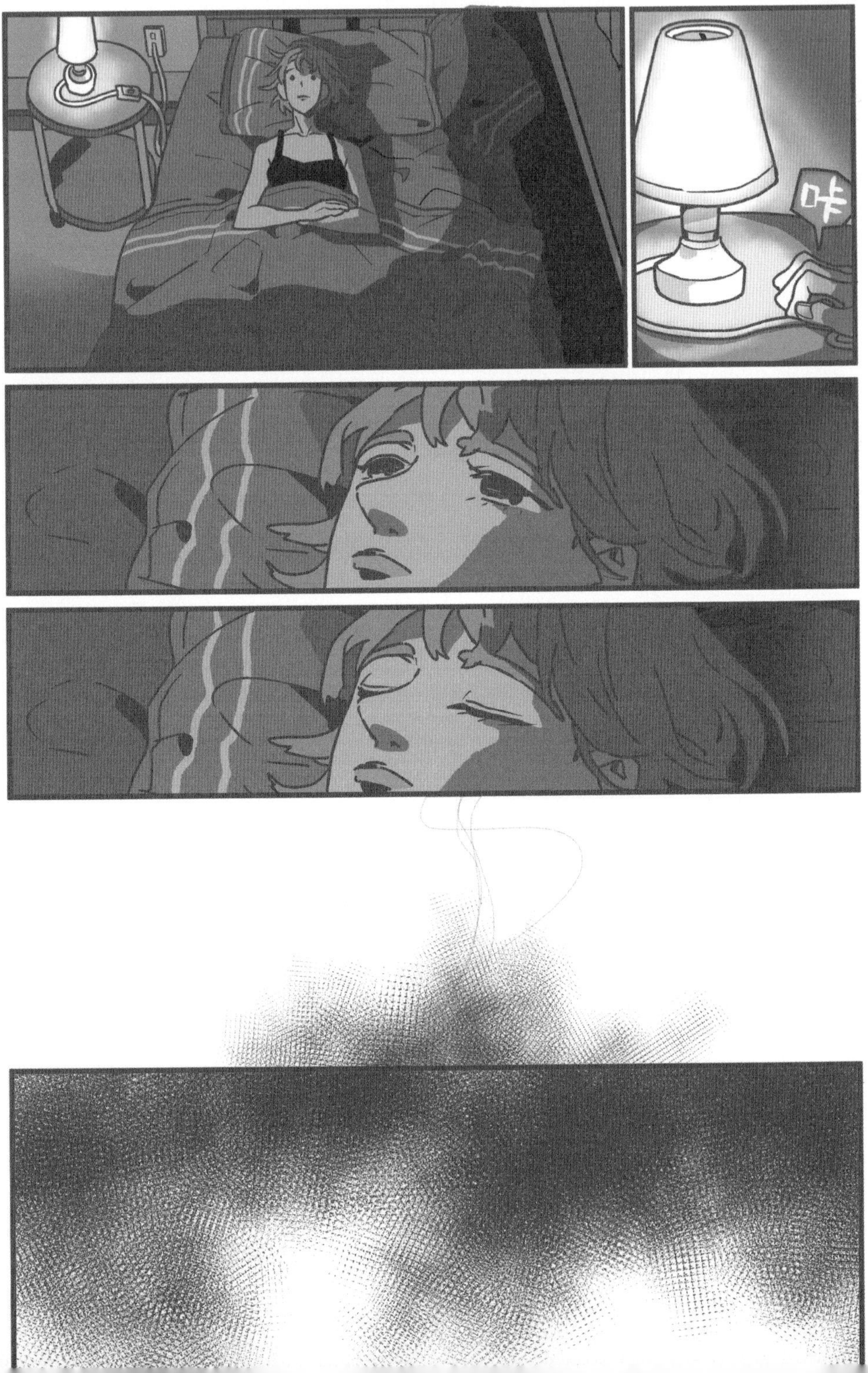
咔

怪了，
我明明不真的感到受傷，
也沒有不甘心，
卻還是有一點失落。

是因為，
不小心期待著
我們是一樣的人吧？

妳剛剛用了「正常」兩個字。
妳笑著說出這句話的臉，不時浮現在我腦中。
但換做是我，即使同婚合法也沒有勇氣和她結婚吧。
所以妳是想找個像成皓一樣能接受這個家的情人？

啊……想這些
與我無關的事幹嘛？

忘了吧，
不要這麼怕寂寞，
睡醒之後就統統
拋去腦後吧。

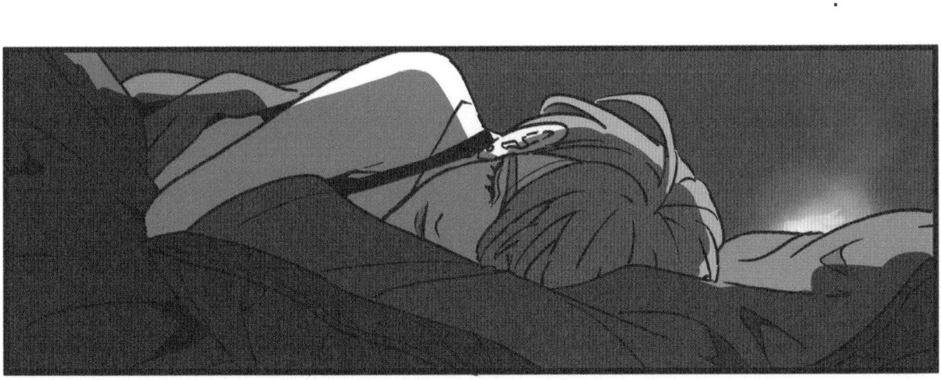

冰淇淋與薯條／完。

「冰淇淋與薯條」

小學四年級時，大我兩歲的女生朋友告訴我，她有個朋友A喜歡上朋友B，但因為兩個都是女生，所以很奇怪，使她非常苦惱。當時的我還不太懂這些事，也不明白哪裡不正常，只知道班上有些人會喜歡某個異性，但是對於交往和談戀愛沒有什麼概念，初次聽聞這件事，也只想著：「喔喔，所以也會有人喜歡同性喔。」覺得學到一件事。不覺得任何奇怪，所以我納悶她和她的朋友A為什麼苦惱。後來她多次和我傾訴關於那位朋友A有多痛苦，覺得自己很奇怪，因為太頻繁，生性多疑的我認為根本是她自己的事，但她不想讓我知道，所以才假借朋友A的名義向我訴苦，於是我直言：「朋友A就是妳吧？幹嘛不直接說妳喜歡朋友B？」她嚇到啞口無言，從此不再和我聊這件事。多年後我們上了高中，都長大了，她才承認當時是無法面對自己的性向，才編了這個謊言。

即使到了相對開放的現今，對性向抱持友善態度的人已經非常多，有些同志朋友卻依然認為同性婚姻合法與否和自己無關，不是因為不想共組家庭，而是不敢讓家人知道，家人也不會同意。不論這來自於對自己的偏見，或對外界的不信任，我想這都還需要時間以及持續努力吧。繪製這篇漫畫的時候，同婚還沒有合法，故事裡多雅和前女友還是不能結婚的，不過在這本漫畫出版的前一個多月，臺灣已經正式合法保障同性伴侶的關係了，不論是用什麼形式保障，都是向前跨進的一大步。雖然真的要將「多元成家」概念普及，讓社會完全接納，似乎還有好長一段路要走，但這一步以亞洲來說仍是非常難得的，十分值得驕傲！期待社會對於愛和家有多樣性的包容，能再繼續成為更溫柔的樣子。

關於這篇故事，最初的構想是挑戰家與愛的定義——有家不一定有愛，有愛不一定有家，不過當主題設定為同志議題之後，重點就自然而然往那邊發展了，我也索性讓她們放飛自我。構想劇情時，會想避免畫得太沉重或自溺，所以主題之外的設定就盡量放輕，多雅必須看淡且一派輕鬆，小玫則是普通的上班族，她們在這一回裡不需要有太深刻的感情，不必掏心掏肺，畢竟才剛認識，這個階段她們彼此是害怕寂寞而填補空缺的速食愛情。

篇名〈冰淇淋與薯條〉隱喻了速食店的薯條套餐，若想吃冰淇淋只能另外加點，冰淇淋與薯條就是不能成為一個套餐（家）。而這個譬喻只要速食店推出新方案就變得沒意義了，希望速食店不要輕易推出這種組合啊！拜託！

BIG CITY,
LITTLE THINGS
5

三百五？
為什麼這次模擬考考得這麼爛？
你有在讀書嗎？
要是沒上臺大，就不要讀了！
知道嗎？

三百五!?哇
你好厲害!
我乘以二都沒有三百五……
你志願要寫哪?
呃——還不知道耶。
我想離我爸媽遠一點，
呃——那你可能要考到美國去喔……
我……
成皓，
我們一起去考臺北的學校吧。
想要天天都跟你在一起，
我們一起去臺北，租同一間宿舍好不好?

好哇！
欸！工讀生！很敢摸魚喔？
喀
啊啊！我主管來了！先這樣掰！

嗚、嗚、對不起……
幹嘛一直道歉？
是我害的……嗚……
唉喔！是你爸揍的，又不是你！
嗚、嗚、
我們……還是分開吧……

「執子之手（上）」

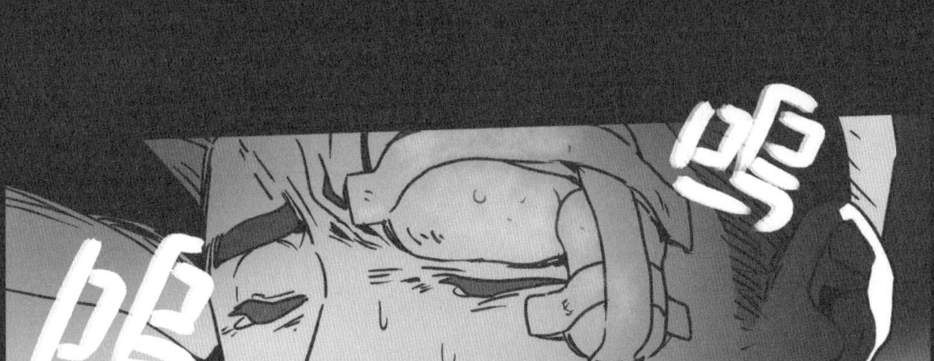

摳
摳
叔叔——
把拔叫你快點來吃早餐！
敢摳我的傷口，很痛捏！
哇哈哈哈！
HA
HA

把拔，叔叔起床了！
嗯。
HA HA
那我可以吃漢堡了嗎？
你是不是還忘了什麼？
沒有！
別想騙，我聞到臭味了！
我去刷牙！
刷好惹！
TA TA WOOF~
你們今天怎麼都這麼早起？
因為有突發狀況。

什麼突發狀況？
啊，咖啡我來弄，你快點先吃。
為什麼？
咦？今天一早就要泡茶喔？
因為，我爸媽等等要來。
喀！
你有一小時準備。
別緊張，有你的照片我都收好了。

叔叔，你要去哪裡？
叔叔今天要上班。
等等要表現得乖一點喔。
早餐幫你包好惹。
謝啦掰掰！
TA TA
TA

喂，哥？
嗨，有空嗎？我們來找媽，你要不要也回家一趟？
喔喔，好啊！我今天沒事，等等回去。

爸媽，最近還好嗎？
妳還在做那個爛工作？
錢這麼少又不能發展，快換吧？
別擔心，公司福利很好，有更好的機會我隨時都會跳槽。
不要駝背。
妳以為機會會從天上掉下來？要自己去爭取！
MUR
MUR
MUR
MUR
MUR

看你們廚房這麼乾淨，是不是都外食啊？真不健康！
我天天都有煮飯和打掃。
這是什麼低劣品質的茶？
難喝得要命！
吃進身體裡的東西，不會買好一點喔？
這是阿根廷進口的養生茶
亂買！不准再喝這種鬼東西！
還有……
你們那個寄宿的房客還住在這嗎？
這麼久了，我們都還沒見過他，
到底是什麼樣的人？
奐元撐住。
我可以。

他去上班了。
讓一個外人住在家裡很難看，早點叫他搬出去！
爸、媽，但——跟他打好關係有好處耶，
他投資翻賺十倍，我們跟了一點，賺不多啦，**大概一百萬而已，**
剛好拿來買新車，對吧奐元？
嗯、嗯。
……
那，
？
亮亮補習的成績怎麼樣？

非常好喔！
這是成績單，
全部都是A＋！
很好！
……補習？
妳從哪生出成績單的？
有備無患囉。
賺一百萬又是……
你看今天不就平安度過了？

成皓，回來啦！
我煮了你最愛吃的三杯雞喔～

（南部八月）

媽……
為什麼不開冷氣？
冷氣壞了……
有請人來修了嗎？
沒關係、沒關係，
我一點都不熱啊！
妳在流汗耶！
嗨，成皓好久不見啊！
嗨，哥、大嫂。
哇—哇—
太髒亂了吧……
媽什麼時候變成這樣的？

媽！妳沒關火！
哎呀我忘了。
啊啊啊啊啊!!
!!
……
她老了，不能再讓媽一個人住在這裡。
嗯。
你可以把她接過去跟你住嗎？

我們要照顧兩個孩子，也沒有多的房間。
你單身比較方便吧？
叔叔你在幹嘛？
我要搬回家了。
嗅嗅
這裡不是你的家嗎？
當然是啊，但我有兩個家喔。

你什麼時候會回來？
你想我的時候就會回來啦！
你的房間我就保持原樣喔。
不用啦，改成亮亮的玩具房吧！
我工作都換了，應該偶爾才會上來。
玩具房！
東西都拿了？
嗯。
那走吧。
多雅，這段時間謝謝妳。
有空常回來唷！
我也要抱抱！
Wzzz

新車坐起來真舒適！
去陽明山兜風吧？
載著這堆行李？
又沒差，我都要離開臺北了。
你明天就要去新公司報到了，早點回家休息吧。
那下禮拜？
不行，多雅的爸媽要來找我們。
再下週？
那週是亮亮的園遊會，要一起來嗎？
奐元。
嗯？
我們是不是很久沒有，像現在這樣單獨出去玩了？

叔叔—
把拔—
牽—牽—
好像是吶。
是齁。
當了爸爸就是這樣子……
嗯啊——我也常常覺得自己是半個爸爸。
TUUUUT...
……還是，
你和我一起搬過來怎麼樣？

嗯……
等亮亮長大一點再說吧？
想想你也離不開臺北吧？
嗯，工作和家都得顧啊。
好吧，也是，

成皓，這麼早起啊？
早啊媽，燕麥粥在桌上。
中午這些菜熱一下就可以吃了，
晚餐我準時下班的話會煮，
如果加班，我會買東西回來。
唉唷……你上班忙捏
晚餐我來煮就好了啦！
千萬不要！

成皓愈來愈會做菜了……什麼時候要娶老婆？
我不想結婚。
一個人無依無靠的不好啦……
你看像我都這麼老了，還好還有你啊……
怎麼這樣說，我不也有妳陪嗎？
媽在短短幾年內突然蒼老很多……
會不會有天，她連湯匙都拿不穩？

媽，我回來了……
沙沙沙沙
回來啦！我做了你最愛吃的……
媽!!
請假？剛來就敢請？
是……要帶我媽去健檢。
喔，那半天就夠了吧？
你沒來是別人在COVER你的工作耶！
是……
給媽吃什麼保健食品可以保養記性？
應該要帶她去運動。
假日又要加班……
外食太油了媽吃不慣……
浴室地板一定要拖乾！

血壓太高？
那……醫生，請問該怎麼辦？
照上面做，每天量血壓？
還有其他問題？
我還是很不舒服……
妳有記得吃藥嗎？
我胸口好悶，背好痛。
咳、
咳！
怎麼了？要不要去看醫生？
唉老了，沒用啊……

2:25
星期一
嗒!
……累到睡不著。
喔?

高中吧？好懷念。
拍下來傳給他看！
46個讚
他的IG全都是他們三個。
算了也是，本來我就不可能出現。

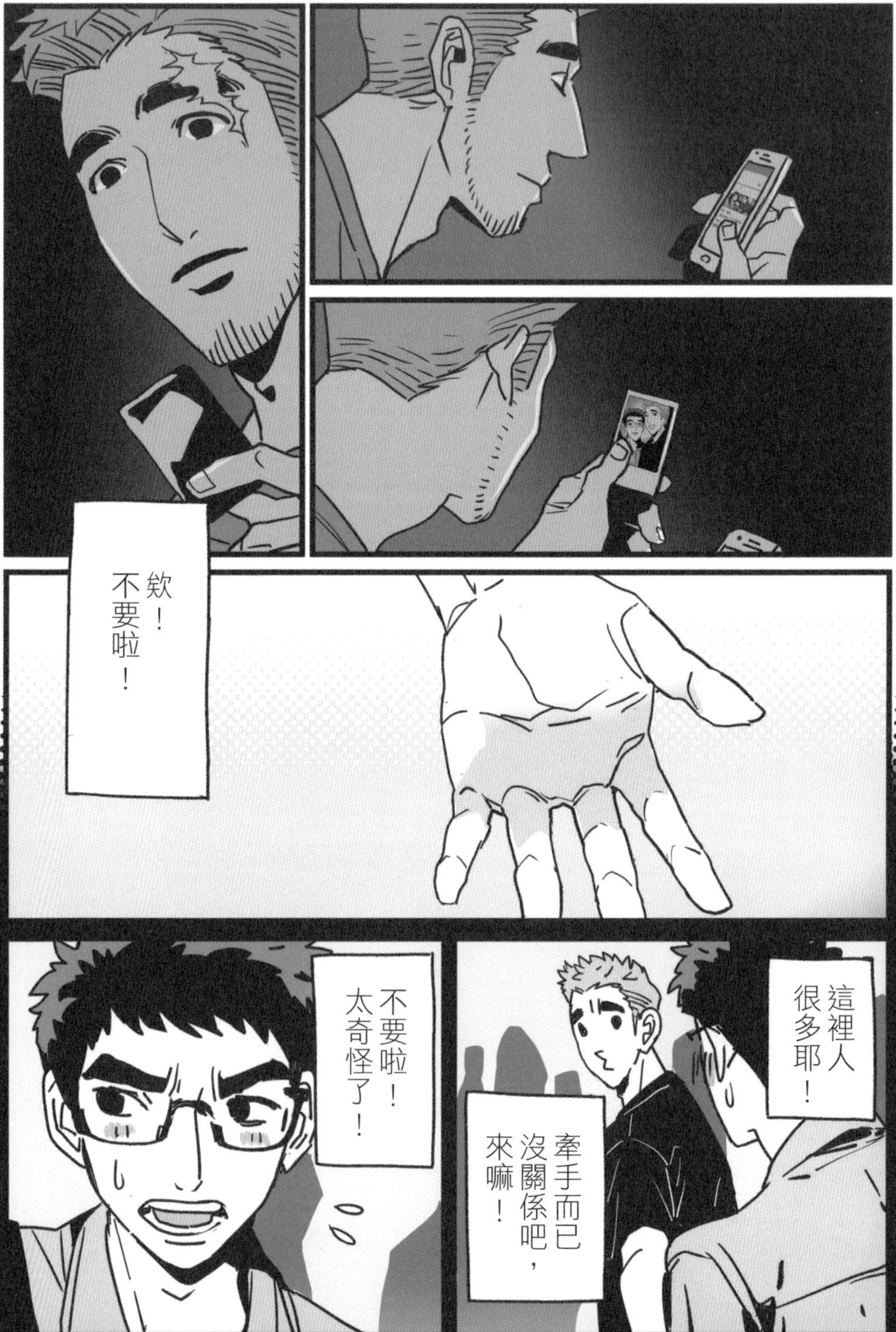
欸！不要啦！
這裡人很多耶！
牽手而已沒關係吧，來嘛！
不要啦！太奇怪了！

好想跟普通情侶一樣，手牽手逛街喔。
微薄的小小心願。
等沒人的地方啦。
好啦好啦搭肩總可以了吧？
可以。
拍囉！一、二……
三！
來來，看這邊！
咔嚓！
笑一個！
把拔馬麻有夫妻臉耶！
小朋友好可愛！跟媽媽好像喔！
真的嗎？我覺得像爸爸！

辛苦了！要不要喝杯咖啡？
謝謝。
把拔，請問這位是……？
朋友。
小朋友好可愛喔～可以抱抱他嗎？
HA
HA
HA
眉毛好濃密！長大後一定是帥哥！
底迪跟馬麻長得好像喔～

我們從來沒有在別人面前牽過手，
但沒關係，怎樣可以在你身邊，
我就怎麼做。

我想天天都跟你在一起。
等亮亮長大再說。

那時的我們，
完全沒料到現在會變成這樣啊。
對你來說，重要的事情，
是不是變了？
還是我變了？
唉，胡思亂想什麼？

從他們決定結婚的那一刻起，
我就做好覺悟了，
多雅和亮亮也是我的家人，
怎麼能因為一點疏離感就動搖呢？
覺悟？
疏離感？
啊，
我怎麼會現在才發現？

我好像，根本沒真的做好覺悟啊。
我只是用壓抑來說服自己覺悟，
並不是真的看開。
只是順著奐元，不得已才走到這一步。
這份疏離感也只是
剛好把我拉回現實吧。

……
沒事、
沒事、
沒事、
沒事、
沒事、
沒事、
沒事、
吸—氣
沒事的。
媽，我回來了。

燈沒開？？
出門了？？
……
媽!?

急診
Emergency
怎麼會這樣!?
不知道……我媽現在身體變得很差……
但昨天都沒異樣的啊……
不知道疏忽了什麼!?
我是不是早該請個看護?
要是她有什麼萬一，我……
別想太多，等報告出來吧。
……奐元，
嗯?
你有空嗎?

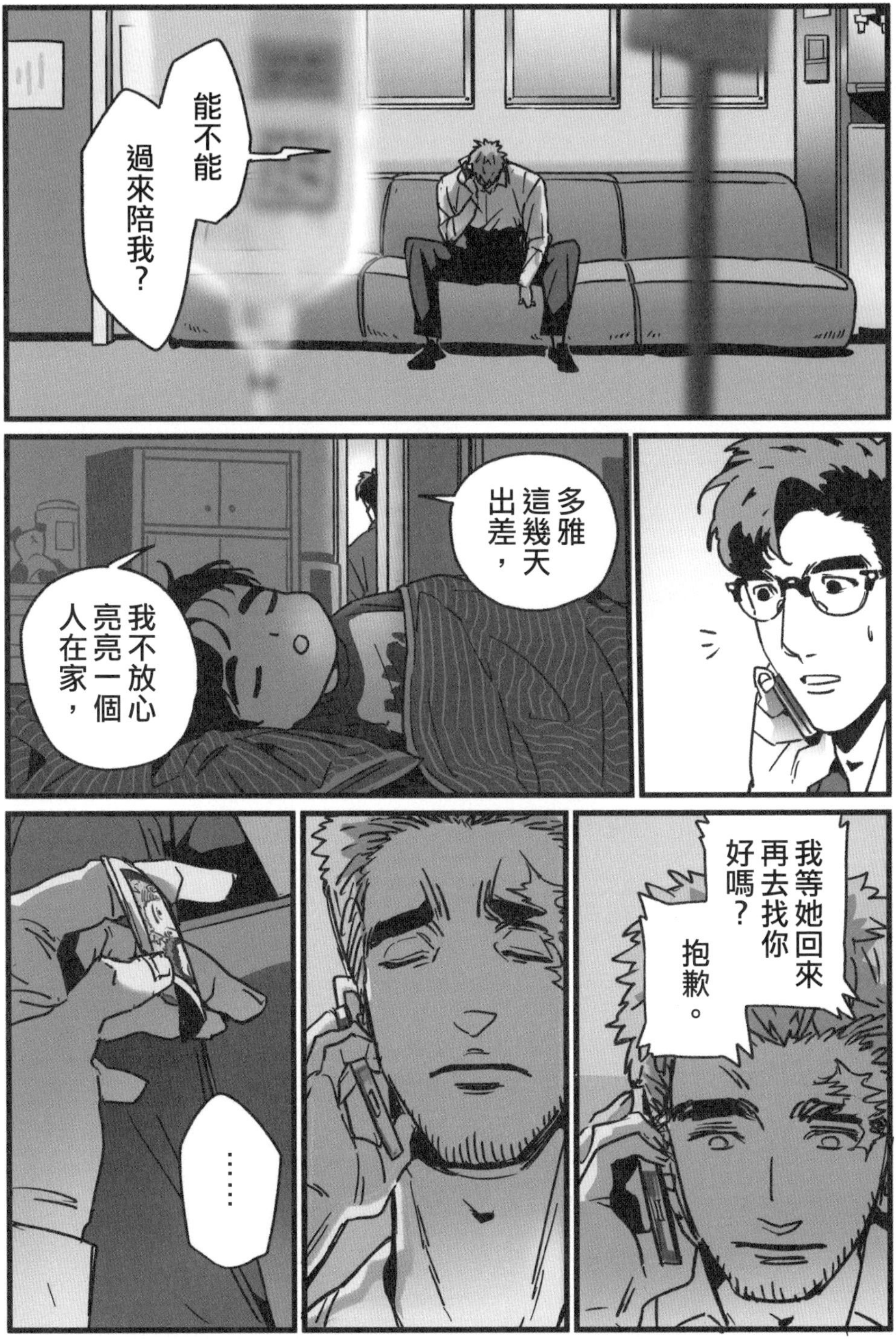

能不能過來陪我？
多雅這幾天出差，
我不放心亮亮一個人在家，
我等她回來再去找你好嗎？
抱歉。
……

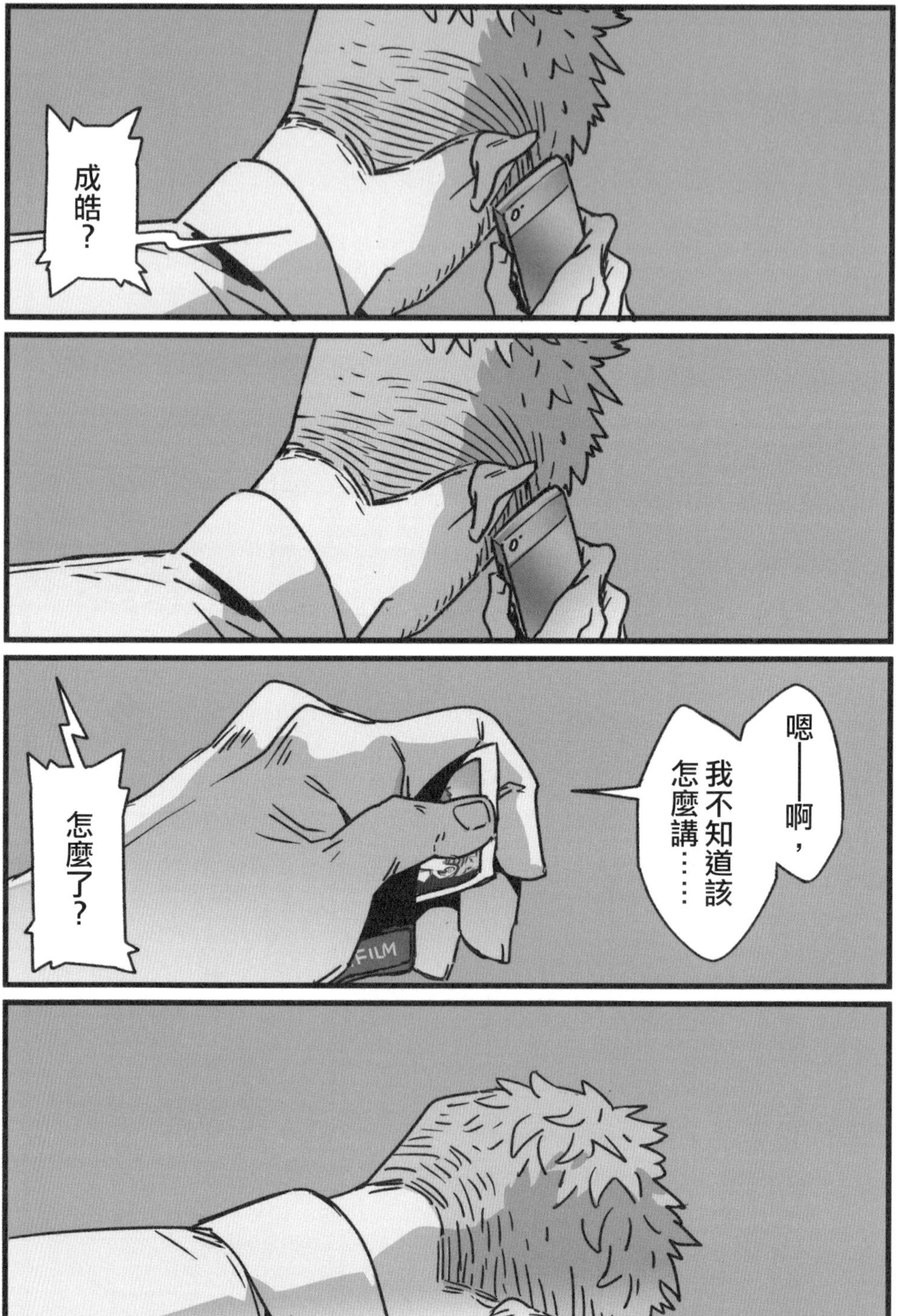
成皓？
嗯——啊，我不知道該怎麼講……
怎麼了？
FILM

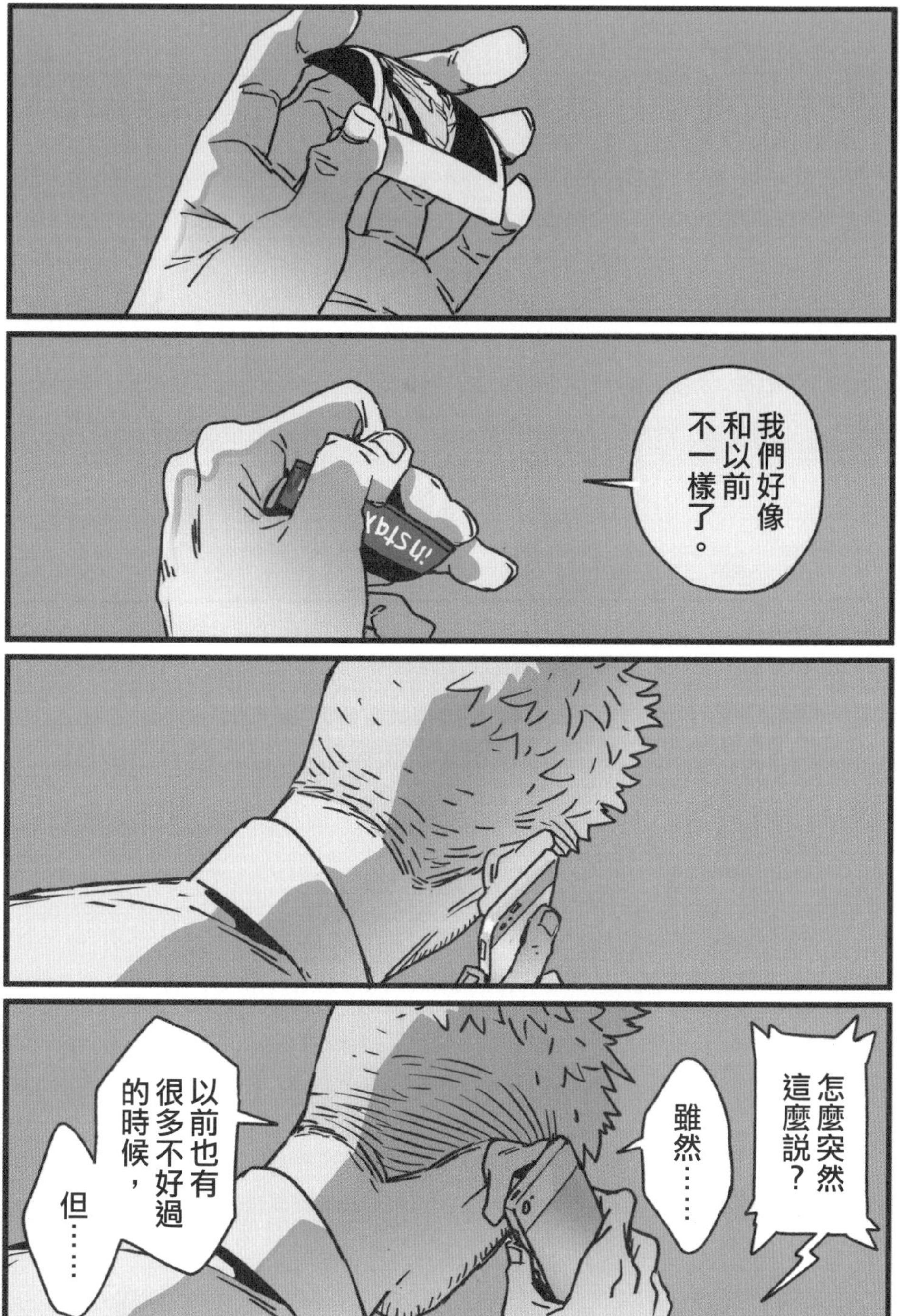
我們好像和以前不一樣了。
怎麼突然這麼說？
雖然……
以前也有很多不好過的時候，但……

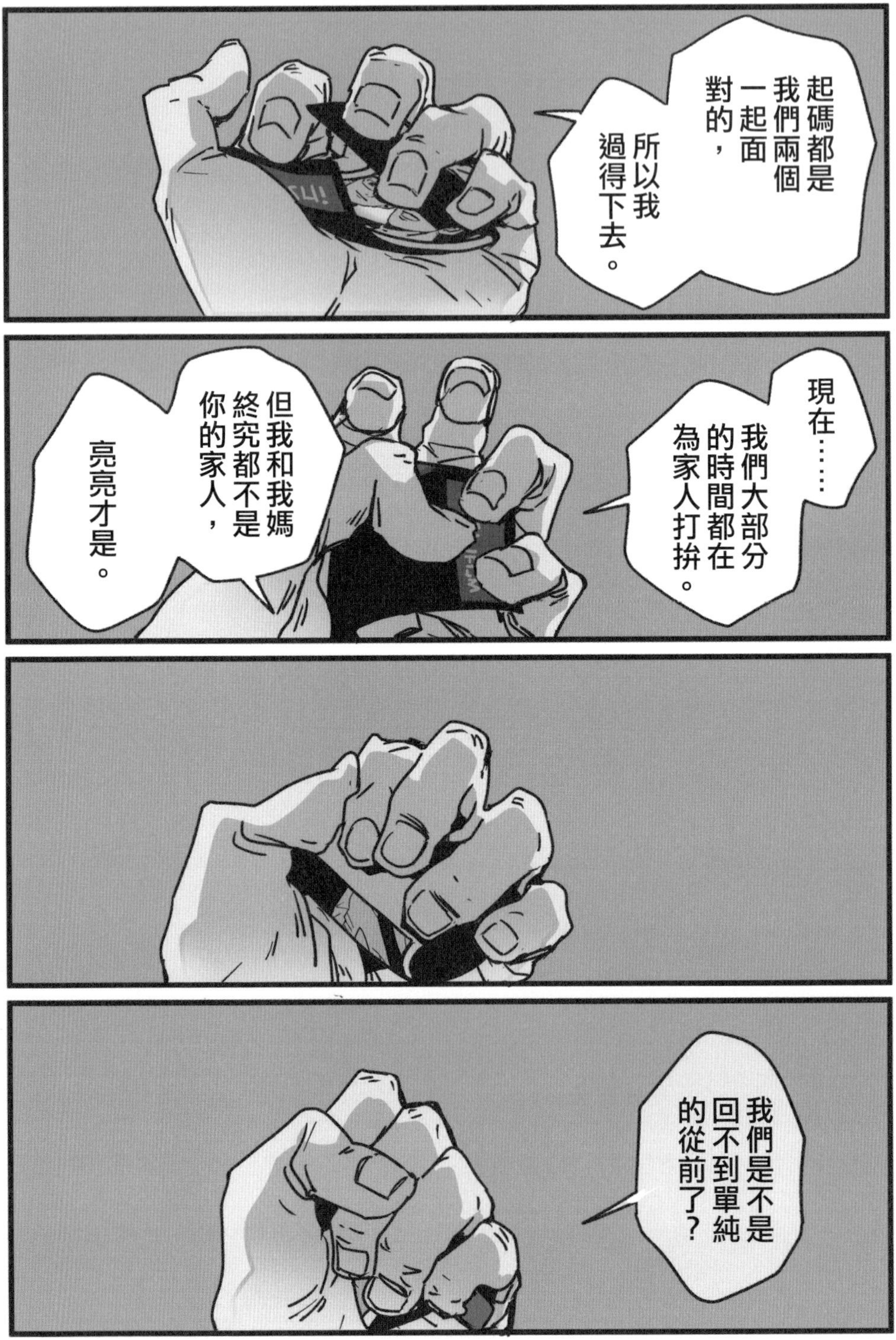
起碼都是我們兩個一起面對的，所以我過得下去。
現在……我們大部分的時間都在為家人打拚。
但我和我媽終究都不是你的家人，亮亮才是。
我們是不是回不到單純的從前了？

執子之手（上）／完。

做好自己的本分，
是人生最重要的事情。

「執子之手（下）」

但……

我應該更嚮往自由。
能好好和成皓在一起，就是自由，
這裡沒人吧？
沒——啦！
但我，可能沒真正體會過什麼是自由。

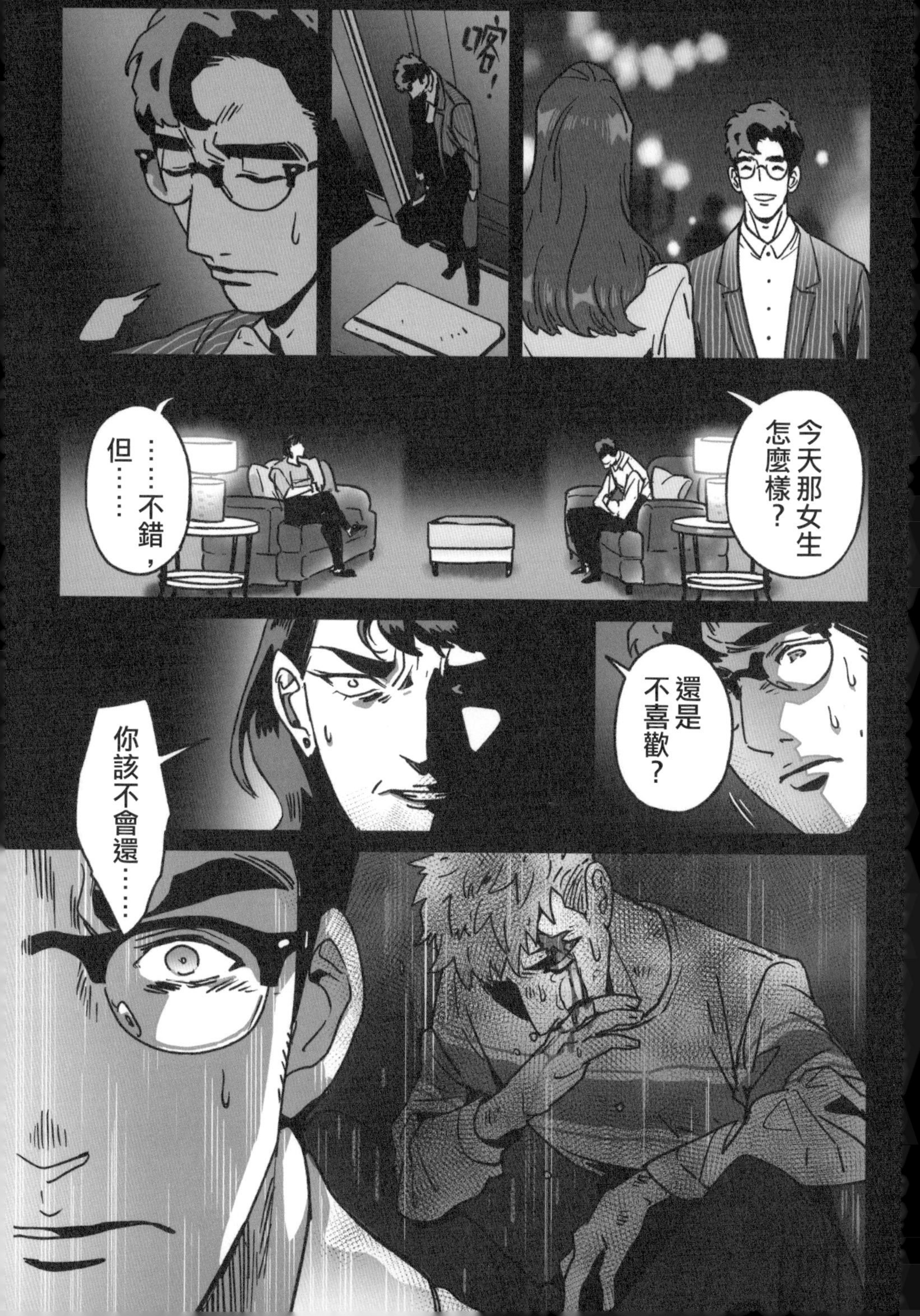
喀！
今天那女生怎麼樣？
……不錯，但……
還是不喜歡？
你該不會還……

我！
我想自己找！
我想——
組織自己的家庭，
除了可以和爸媽保持距離、
建立自己在社會上優越的形象、
分擔經濟壓力和家務，
更可以——
保護成皓，和我的關係。

多雅是除了成皓之外，我最親密的人。
她精打細算裡外兼顧，幾乎是完美隊友。
我們本來以為這是場完美的婚姻，
直到……
嗚啊啊啊啊……
當他哭鬧求助時，
我發現自己從來不擔心；
當他黏著我的時候，
我並不覺得可愛，
只有煩躁。

把拔！
把拔！
把拔！
他笑得愈單純，
我的罪惡感就愈深。
我恐懼自己的刻薄反應，
原來父愛並不是天生的？
父親兩個字為什麼對我來說如此沉重？
這孩子又是何其無辜？

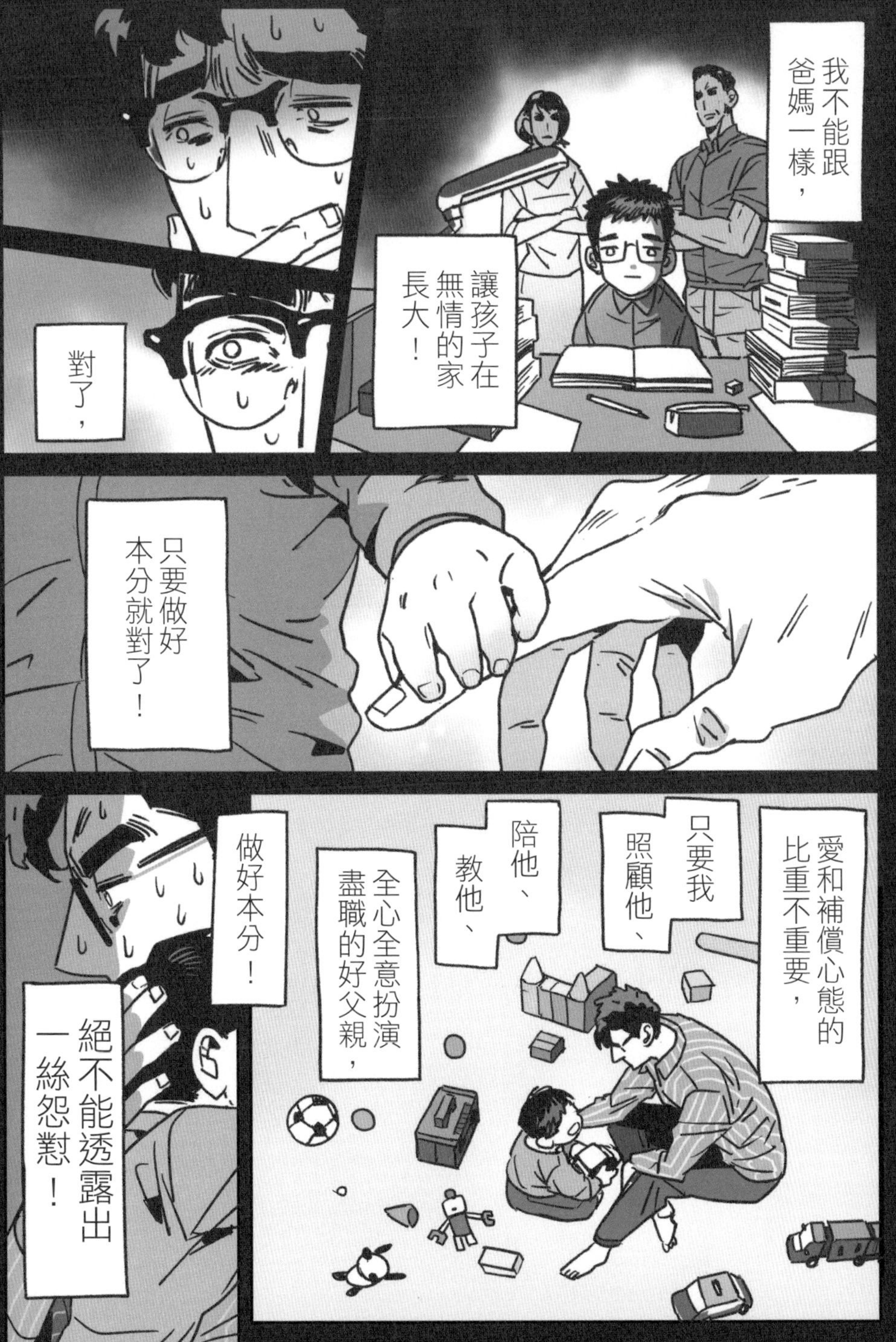
我不能跟爸媽一樣，
讓孩子在無情的家長大！
對了，
只要做好本分就對了！
愛和補償心態的比重不重要，
只要我
照顧他、
陪他、
教他、
全心全意扮演盡職的好父親，
做好本分！
絕不能透露出一絲怨懟！

幸好有多雅和成皓一起支撐這個家，
如果只有我一個人，
一定無法好好面對這孩子。
父親的責任、
社會責任、
獨生子的責任，
我應該全部都有做到了吧？
我應該已經做得很好了吧？

我們是不是回不去從前了？

喀!
怎麼啦?
是不是跟成皓有關?
他最近都沒出現，你們還好嗎?
……
還是我們晚點再聊?
……沒關係。
一言難盡，我覺得好像怎麼做都不對。
怎麼說?
他在這沒有歸屬感。

我不知道該怎麼辦。
哎呀，你們都盡力了。
馬麻我想要玩扭蛋！
馬麻！
怎啦？
叔叔什麼時候會回來？
叔叔有一些事情要忙。
為什麼——
你是不是很想他？
……

亮亮，叔叔碰到困難了，
爸爸要去叔叔那邊幫忙喔！
SHOCK!
去哪裡？我也要去！
可是媽媽怕壞人，要亮亮在家保護捏。
那我留下來保護妳！
欸欸……
爸爸要保護叔叔，如果爸爸要去很久，就不能一直陪在亮亮身邊，
這樣你也可以嗎？
好哇！
把拔！我們一人保護一個！

想要什麼，就去吧！
不用擔心我們，重要的是，你們還是要開心呀。
多雅，
晚點我想跟妳商量一件事。

成皓……
喀
喀
現在身體有覺得好點了嗎？
一點點……
我想回家睡覺了。
好。
妳啊，明天要記得吃藥，我有貼字條在冰箱上，不要再忘記了！

阿姨
還好嗎？
要來怎麼沒先
跟我說一聲啊？

哎呀，奐元好久沒見到你了！
來來，裡面坐啊！
喀喀
胃炎？
還有高血壓、老年痴呆症徵兆，
現在只能控制和保持追蹤。
她平常起居可以照顧自己嗎？
不穩定，所以我在找看護，白天要有人看著她。
你有這筆錢嗎？
哈……

沒啦，抱歉，我當時只是太累了。
啊——
成皓……
前幾天啊，你說……
嗯。
所以沒事？
嗯？
跟你說，

我在我們家隔壁租了一間公寓，
你跟你媽一起搬過來吧！
……什麼？
然後——
你回臺北換一個夜班的工作，
我下班回家就換我陪你媽，
阿姨要不要喝茶？
哎呀好哇！
如果我偶爾要加班，隔壁還有多雅在。
這樣……
我們就是一家人了吧？

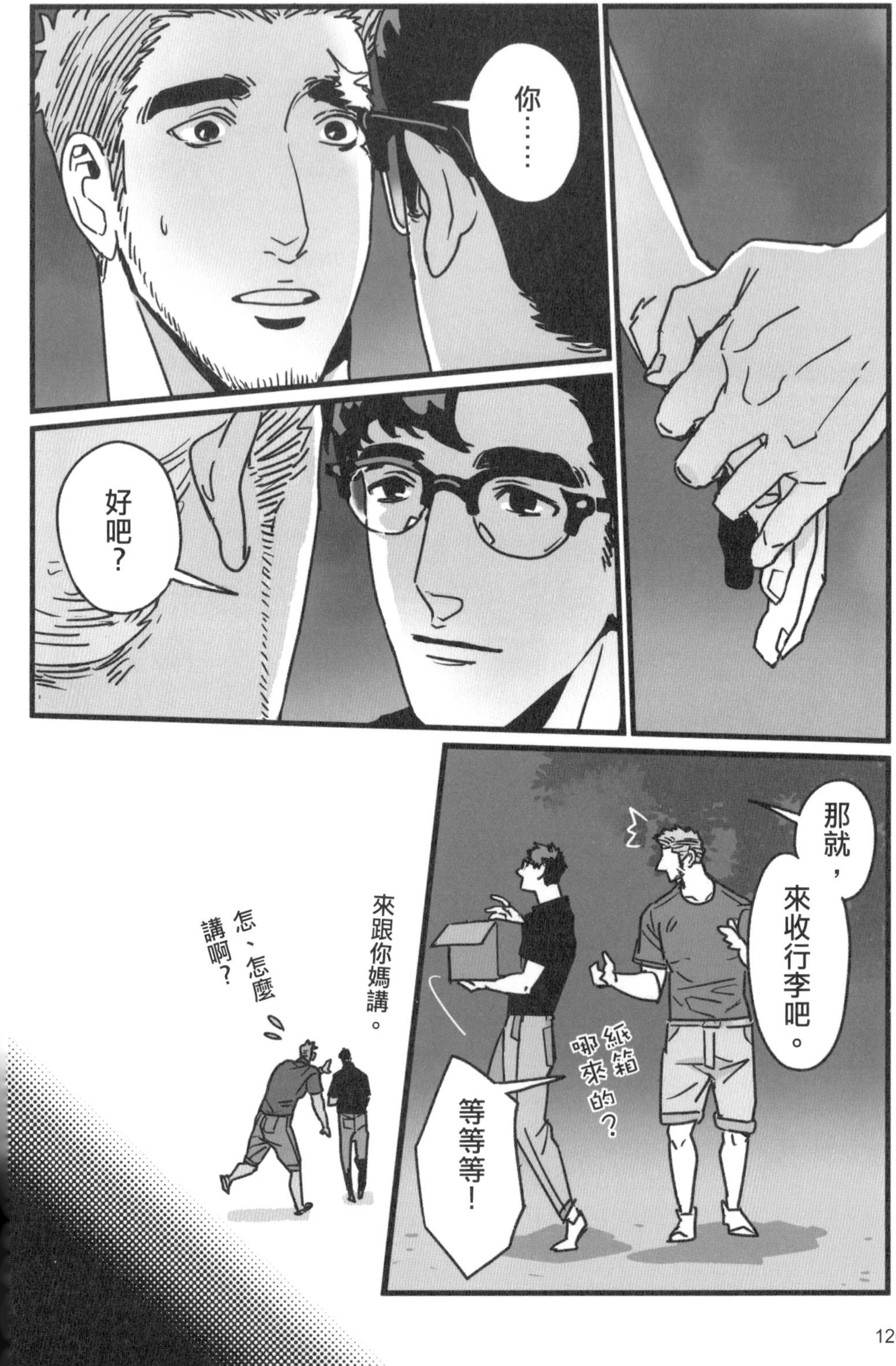
你……
好吧？
那就，來收行李吧。
紙箱哪來的？
等等等！
來跟你媽講。
怎、怎麼講啊？

我OK啊！
成皓的媽媽就是我們的媽媽，看你們想怎麼安排囉。
汪汪
……妳人真好啊。
是你們太見外了。
不過也正因為這種界線，
這個家才可以這麼和諧吧。
妳這麼覺得？
像你們這樣很好啊，有分寸又禮貌，
我知道你心裡有些不好過，
但你還是很努力經營，從沒抱怨，
給一我!!
汪
所以我會尊重你的一切決定。

那如果我很少待在家會怎樣嗎？
那有什麼關係，
兩邊都是你家，想住哪就住哪吧。
妳要不要試著找個人穩定交往？
我房間空下來囉。
欸——誰像你們兩個啊！
喀！
枯燥得要命，
一輩子只吃一道菜還吃不膩！
……
對了，
你們有想好怎麼跟他媽媽解釋嗎？
試著透露你們之間的特別？

怎麼可能？
我可不想嚇死老人家。
哈哈，說得也是。
哎呀……但是奐元，這樣太麻煩你了。
阿姨，別這麼說。

之後要開始一起生活，有什麼事情都可以說。
你有你的家人，這樣真的可以嗎？
他們就住在隔壁啊，
這樣很好，別擔心，我會好好照顧他們，還有妳和成皓。
喀
喀
喀
喀
喀
喀
……媽媽沉默了……
氣氛真尷尬啊！

她肯定納悶，這已婚的男人幹嘛跑來
和高中同學窩在一起……
也不能說「兩人一起照顧妳比較輕鬆」這樣的話。
總之要是被質疑，
就說跟朋友相處比較自在就好。
奐元啊……
謝謝你。

成皓這麼含蓄
內斂的孩子……
只有跟你在
一起的時候
才會這麼快樂，
二十年來，
你們感情
一直這麼好，
我就放心
啦……
奐元啊，
謝謝你這麼
喜歡成皓。

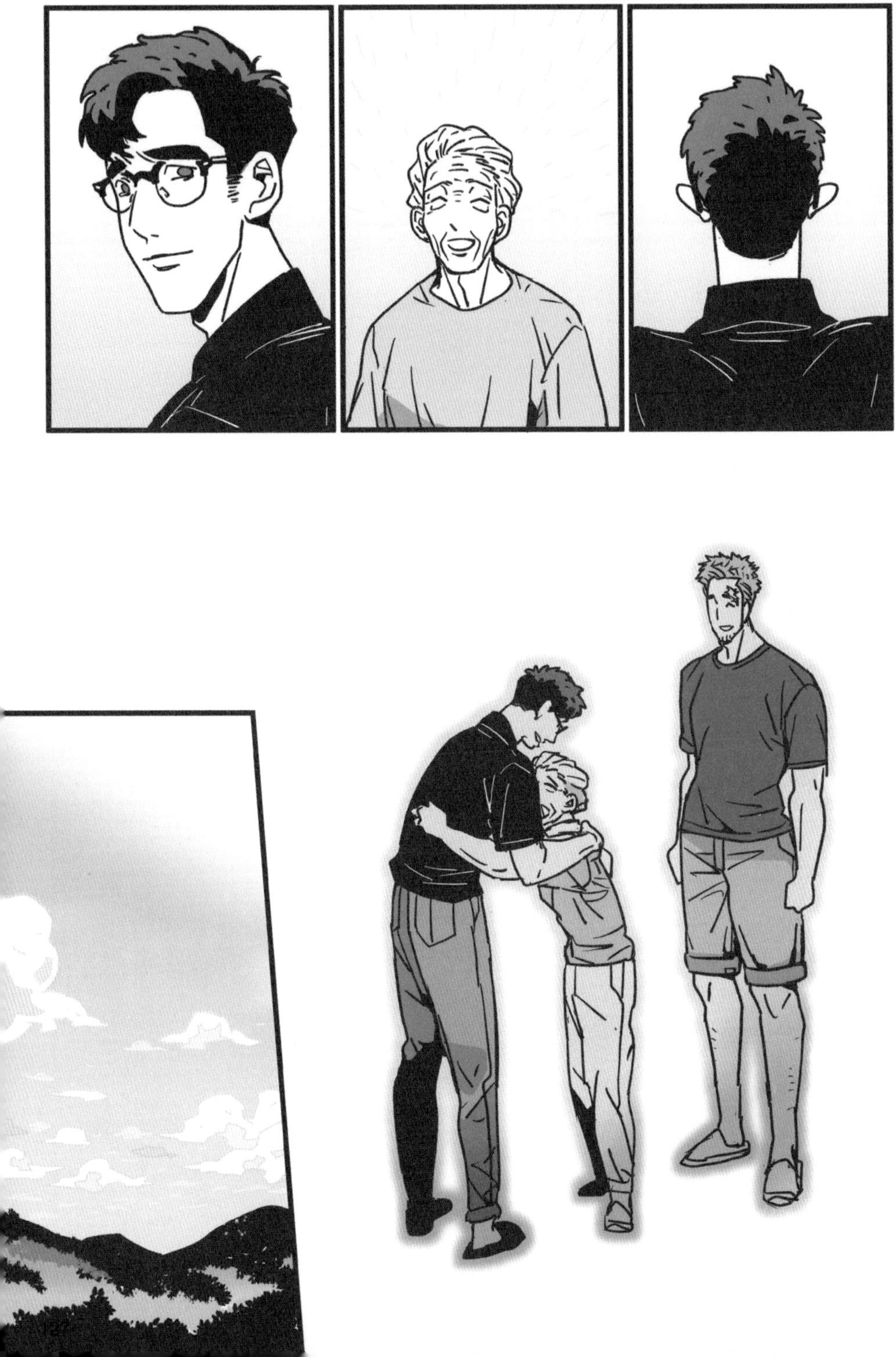

總算搬完了。
當初請搬家公司就不用這麼辛苦了。
呼……
也不想想是誰東西這麼多？
有的沒的都帶，你覺得新家很大嗎？
啊說到這個，
看我找到什麼！

還記得這是哪時拍的嗎？
哇，好久遠！
怎麼折到了？
啊沒事，把它壓平就好。
……
在想什麼？
你的臉頰肉好緊緻。
回不去了～
……饒了我吧！
呼！
現在挺好的，

遠離城市
和人群，
不用面對
任何事，
不用在意
別人怎麼說，
和你躺在這發呆
喘口氣，感覺好好。

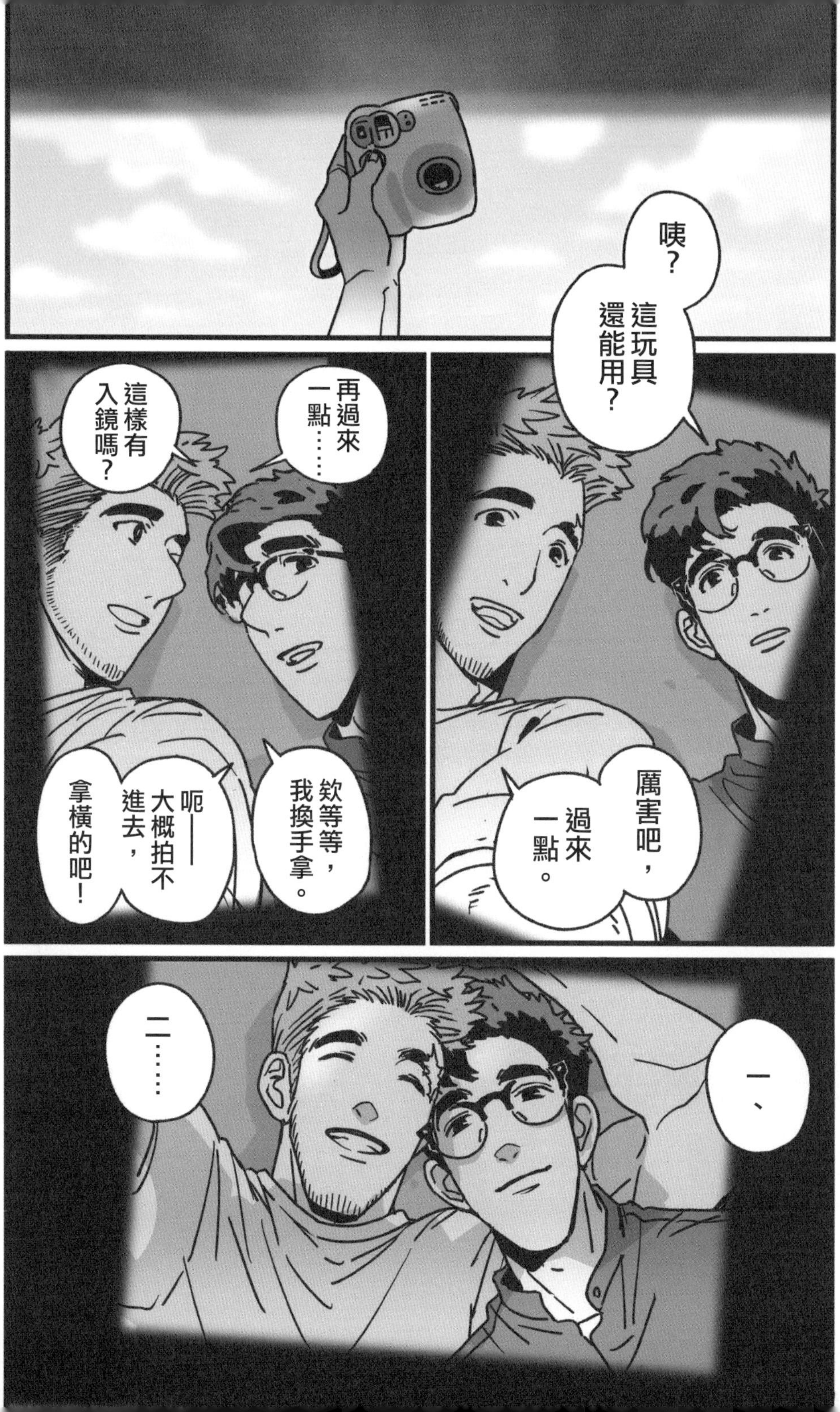
咦？這玩具還能用？
厲害吧，過來一點。
再過來一點……
這樣有入鏡嗎？
欸等等，我換手拿。
呃——大概拍不進去，拿橫的吧！
一、
二……

執子之手（下）／完。

「執子之手」

「執子之手，與子偕老」，據說最早是描寫長期在外征戰的士兵之間，互相支持的情感，現代人則常用來講愛情，不管它放在哪，都能表達最樸實也最深厚的心意。也許是因為平時太過忙碌，生活總被時間追著跑，所以至始至終我都認為願意好好花時間去陪伴彼此的，都是珍貴的情誼。偶然翻起那些十幾二十多年來的照片，和家人或老朋友一起敘舊，笑著歲月如何摧殘我們的外貌，是很幸福的啊。

〈冰淇淋與薯條〉挑戰了家與愛的定義，〈執子之手〉則是衍伸後續可能面臨的困境。關於困境，除了成皓與媽媽的長照問題之外，大多都來自於價值觀的衝突，像是奐元與他父母之間永遠無法達成共識，以及兩人必需躲避世俗眼光等等。衝突不只是傳統與新世代、自身與外界，就連他們內心深處想要的，也與自我期望相互矛盾。說到底多雅、奐元、成皓、小玫四個人，都沒有革命衝撞，沒有完全成為自己最真實的樣了，而是做了最平衡的選擇，或許對他們來說，比起解放，平衡才是最舒服的人生吧，有時候任性並不會讓自己更好過，不做自己反而感到自在。

即使現在想著，期望未來也許幾十年後，回頭看這本漫畫，會說：「哎！以前的人也活得太辛苦了吧？現在還有人會情緒勒索或討論性向的嗎？除非在考古吧，不然太荒謬了無法想像！」但搞不好到了那個世代，又面臨另一個價值觀完全翻覆的狀況了，誰也說不定。

回來說故事本身，〈執子之手〉的劇情本來列了三個結局，其中兩個都是奐元和多雅離婚，很少有這種已經想好劇情轉折，卻很難決定結局的狀況，必須感謝當時願意提供想法陪我討論的朋友們，最後才能夠在兼顧現實考量下，給了他們一個最圓滿的結局。即使這個結局，對我來說實在太過夢幻，有一點現代童話的不切實際感，若抽離作者身分來看，會覺得過度私心、編劇不成熟，但無所謂，我就是希望他們好，希望不論是否在這個議題內，全天下有情人都能夠終成眷屬，天真就是要在還願意相信的時候，用力去相信啊！

這個家庭未來可能還會陸續碰到一些問題，不過他們能有互相理解關愛的家人陪伴，想必都能好好面對處理吧。祝福他們，也祝福所有在家庭裡，面臨課題的人們順利度過關卡。

附註：奐元高中模擬考的三百五十分，是聯考年代的分數，對當時來說，考上臺清交或部分臺大科系是沒有問題的。

BIG CITY, LITTLE THIN

5

馬麻——
喀!
滋
妳為什麼每天都要擦口紅?
媽媽喜歡化妝啊。
你也想要試試看嗎?
不要!那是女生才可以擦的。
亮亮——

為什麼不行？只要喜歡誰都可以。
真的嗎？這樣不會奇怪嗎？
不會啊。
那為什麼爸爸和叔叔都不擦？
他們不喜歡而已，不是因為他們是男生。
你如果想要穿裙子，媽媽的也可以借你穿唷～
呵
不要～
我比較想要穿很多口袋的衣服！
想方便裝底片和相機？
嗯！我要當攝影師！
不錯啊還算實際，你爸小時候想要當太空人呢～呵呵
喀。
亮亮，準備好了嗎？要出門囉！

叭卩!
嗨~
叔叔~
妳開會會到很晚嗎？我們晚點怎麼約？
不一定，如果提早結束，再跟你們聯絡。
滋…
滋
沙
沙
沙
沙
還有一點時間。
沙
沙
沙

……
……?
「每一張照片」
然後……
有看到這個黃色的標籤嗎？

撕—
底片也有一條，把它對好放進去……
咯
再關上這樣就對了！
按第一次快門會是黑色的塑膠片，第二次開始才是底片喔。
滋—
喔喔喔！
可以拍了嗎？
等等。

亮亮，不可以從這個角度拍，
我們會變得很腫。
嗅
你站遠到角落，
腿看起來會比較長。
要照全身喔，不可以咔到腳，
頭上留的空間要比腳下面多！
全身的話拿橫的人會變得很矮小，
拿直的！
PHOTO EYE
拍之前要說一二三，不然我們可能會不小心眨眼。
……你是不是很怕留下醜照？

咔!
咔!
喂喂，地上很髒。
你買了幾捲底片給他？
十捲。
太多了吧！
想說小孩開心嘛～
你這樣跟寵溺孫子的阿公有什麼兩樣？

亮亮，你要想想每張照片都是特別而且獨一無二的，
所以你不要亂拍，要更珍惜的使用底片。
那我可以拍什麼？
繃啾可以嗎？
可以。
貓咪呢？
可以。
車子呢？
……也不是不行。
等等，意義不明的很多啊！
那什麼不可以拍？
唔……
是也沒有什麼是一定不可以……
照片就是保存你看到的畫面，

所以就拍你特別想留在身邊看的東西吧。
姐姐可以幫我們照相嗎？
咔！

!?
多雅
喂？
……
怎麼了？
我在上班，晚點再聯絡？
救……

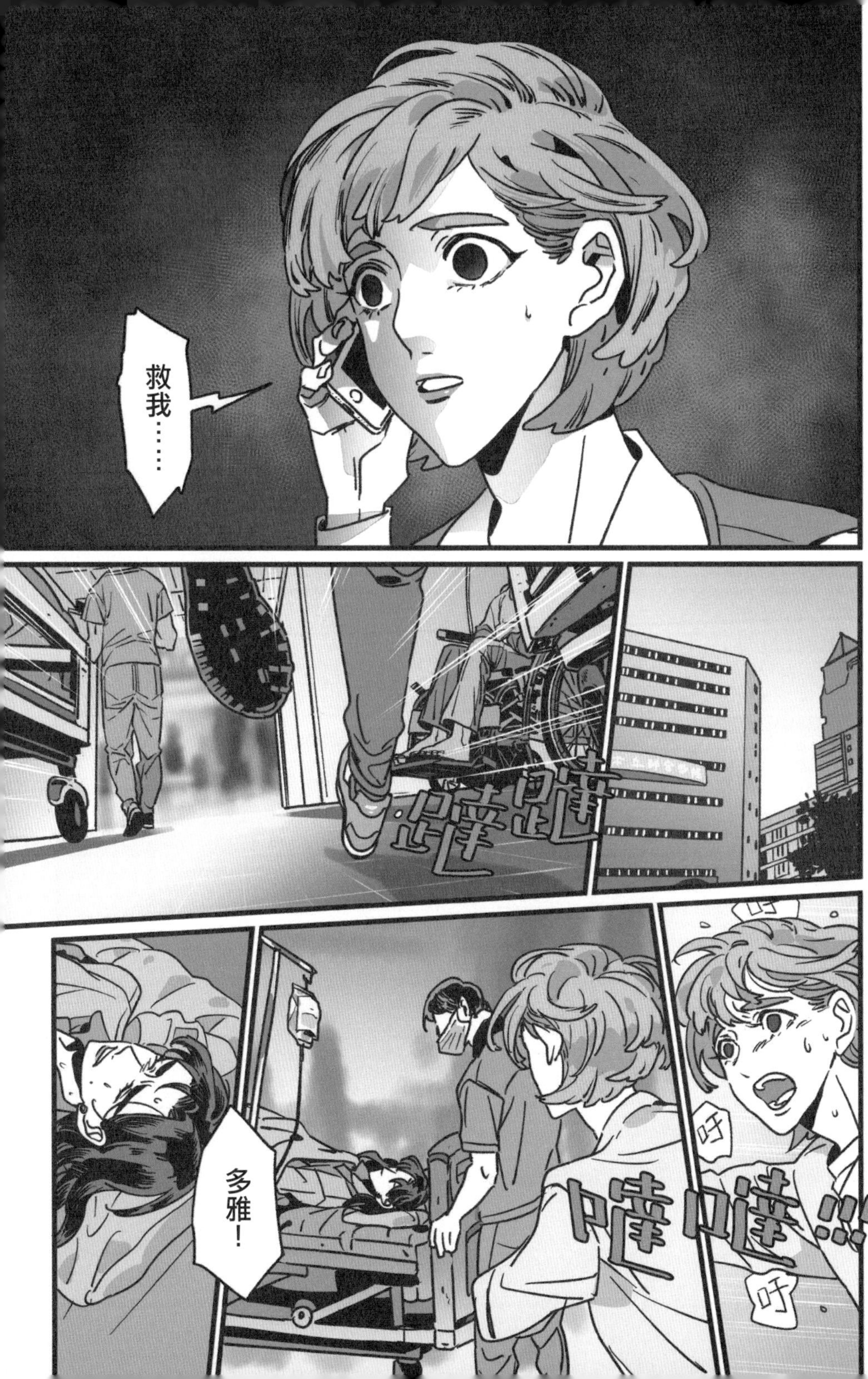
救我……
躂躂
吁
噠噠!!!
吁
吁
多雅！

請問是家屬嗎？
……是朋友！請問她怎麼了？
腸胃炎。
喂
妳講得好像快要死了，結果只是腸胃炎？
用這種方式討拍，妳是國中生嗎？
這、這位小姐!?
唔喔喔！不要這樣！
我肚子好痛……
叫妳老公照顧妳吧！
吐一吐拉一拉就沒事了吧？
那我回家了。
等一下……！
他們難得一起放假帶孩子出遊，
小事情晚點再通知就好，就先不讓他們擔心了。
好痛，好痛……
小事情？
妳就好意思讓我為了小事情跑一趟？

我希望
妳陪我嘛。
一開始老實
說不就好了……
只會用
這種爛招。
可是，
如果我電話
開頭就這樣講，
妳會理我嗎？
不會。
不過……
呵呵…

要照顧小孩、打理家務，還要上班，
我一個人都快自顧不暇了，
啊還要養一隻貓啦
妳那樣光想就好累，
難怪會生病，
好好休息吧。

同學們，今天要畫的題目是「我的家庭」！
爸爸、媽媽、
叔叔、綳啾、
啵
沙
沙
沙
沙
我要背相機！
叔叔的媽媽，也是你的阿嬤。
旁邊加阿嬤……
沙…
欸——！

你看看你把自己的褲子連在一起，
變成裙子了！
你是女生嗎？
不可以這樣畫，知道嗎？
哈哈哈
你是娘炮！
沙沙
沙沙
老師！
我媽媽說，男生也可以穿裙子喔。

喂喂喂，不要吵！安靜！
亮亮，你想要穿裙子嗎？
我沒……
那你最好不要說出來喔。

欸額！你們看！
娘炮來了！
好噁心喔！
被他拍到褲子會變成裙子喔！
快逃啊！
……看什麼看！

不要靠近我！
！
走、走開！
啪！
亮亮，

上課跟老師頂嘴很不禮貌喔！
被排擠不好受吧？
那你有沒有想過自己哪裡做錯？
不然同學幹嘛排擠你？
你為什麼要這麼特別呢？
以為比較酷？
不會喔！

你只會被欺負啊！
知道該怎麼辦嗎？
要檢討自己出了什麼問題啊！
想要穿裙子？
玩這種女生的玩具？
那你就等著
給別人笑、
貶低、
欺負，
因為這樣子他們會很有優越感啊！

所以你要合群點！跟別人一樣！
別人幹嘛你就幹嘛！
不要給我製造麻煩！
老師都是為你好，知道嗎？

◁幫忙接小孩下課
亮亮，這邊!
……
怎麼啦?
嗚……
嗚嗚嗚哇~
疑?
怎……怎麼了?
我不要這個了!

怎麼啦？
這個是女生在用的。
哪有這種事，這不是叔叔送你的嗎？
同學都笑我。
……哎呀。
有跟老師說嗎？
有跟同學吵起來嗎？
居然!?
媽媽懂這種感覺，
我小時候也常常被誤認是男生喔。
男生怎麼可以來女廁！
快出去！
什麼？妳是女生？
哈哈哈哈不男不女！
推！

不說話會被趕出去，解釋了又會被笑，後來只要看到女廁有女生，我就會去上男廁。
有一次不巧被同班男同學撞見，
嘖嘖
從此綽號變成人妖，還被叫去輔導室。
困擾的童年～
……這是被霸凌吧？
不對，她該不會又在騙人？
可是啊——你看，
就算小時候被欺負，因為有亮亮，媽媽現在，
還是過得這麼幸福。
我最喜歡馬咪了～
乖～沒事～
我也最喜歡亮亮了！

我有點好奇……
亮亮知道妳跟奐元的狀況嗎？
爸爸媽媽是「夫妻」，卻不是「戀人」，他知道了會怎麼想？
啊——不必擔心這個，
他出生開始，我就這樣告訴他了。
媽媽喜歡這個姐姐，爸爸喜歡叔叔，
媽媽也喜歡爸爸，爸爸媽媽是最好的朋友！
之類的。
這樣啊……
這個姐姐是誰？
他可能還不太懂我說的「喜歡」是什麼，
想說讓他有個概念。
所以像今天這樣，
外面的世界跟他的認知有衝突，
碰到不好的事，
是我比較擔心的。

那你們……
多雅——身體有好點嗎？
小玫，謝謝妳幫忙接亮亮。
沒什麼，我剛好排休……
什麼時候還有休息？
等多雅出院後一起出來吃頓飯呀！
亮亮！
抱緊
為什麼不要相機了？不喜歡嗎？

小玫姐姐難得陪你，怎麼愁眉苦臉呢？
你不是最喜歡她了嗎？
咦!?
不太會和小孩相處。
亮亮，
爸爸想要一張大家的合照，
放在皮夾裡，
我們一起拍好不好？
噗很會

喀！

嘿嘿嘿
亮亮，你有沒有把老師昨天説的聽進去？
喀！
那個照相機好酷喔！
亮亮！

你怎麼會有這個？
……
我也要！
可以拍我嗎？
拍了照片就會直接出來嗎？
我們來合照～
好哇！

亮亮今天很開心喔？
馬麻妳看我跟朋友的合照！
他是小澤、
她叫秀珊，
我的底片拍完了，可不可以再買？
太快了！
等等，張數沒這麼少吧？
其他張我都送給朋友了！
……

每一張照片／完。

和爸爸一起拍照！

後記

聽說擅長游泳，學生時期拿過校內前三名，但生下亮亮之後就再也沒踏進游泳池了。
以前一個人在家會看書或電影，現在因為代謝變差，改成做些有氧運動維持身材。
很少動怒，如果發生掌控外的事，就會乾脆擺爛。
能一心多用，同時處理很多事，特技是左右手同時寫字。
回覆客戶訊息
記帳
安排工作

藍多雅（37）
167cm
11 月 30 日生
B 型

多雅最初的發想是男性，跟奐元性別對調，不過後來改成女性覺得效果也不錯，能跟奐元一起跳出某種性別框架。嗯，既然都做人物設定了，就順便簡單做個訪談吧！

H：嗨，妳好！
多：嗨～
H：可以跟大家介紹一下妳的原生家庭嗎？
多：我的父母都是公務員，還有一個哥哥，他在美國。
H：是這樣的，因為妳的抗壓性似乎很強，我們很好奇妳是怎麼訓練出來的。
多：嗯～有點難回答，多半是天生性格吧，如果要說跟家庭的關聯，我父母和哥哥，都屬於比較強勢的性格，所以我很擅於配合別人。
H：嗯，雖然這樣問很突然，不過篇幅有限，我們直接進入正題吧！可以分享妳是從什麼時候開始意識到自己的性傾向嗎？
多：小學吧，從有意識「喜歡」這件事開始。
H：有沒有特別喜歡什麼類型？
多：沒有，我都可以。（笑）
H：有懷疑過自己是不是也會喜歡男生嗎？
多：高中時曾經試著和一個男孩子交往，但不到兩個月就分了，當朋友時挺喜歡他，一旦進入特別的關係，就渾身不自在，深深體認到「和男生真的是不行啊！」
H：聽起來妳本來是不排斥男性的，所以是從那次開始排斥的嗎？
多：我沒有排斥男性，真要說起來只是不喜歡男人的身體，如果要談一場柏拉圖式戀愛，說不定可以，只是沒有遇見這樣的人。不過現在說這些對我來說有點空談，不以戀愛關係為基礎，奐元已經是我最理想的丈夫。
H：但我認為妳相對犧牲了一些機會和時間，我的意思是……妳看起來擁有很完整的家庭，對方很容易因為這樣而淡出吧。
多：其實我無所謂，隨緣，我也不認為喜歡的對象非得要長久陪伴在自己身邊。
H：真豁達。聽說妳以前是太妹？
多：學生時代只要抽個菸就被貼上標籤了。
H：那妳做過最壞的事情是什麼？
多：嗯……我想想。我劈腿過幾次，在老師的水杯裡加瀉藥，偷過哥哥的錢，這些算壞事嗎？
H：不算好事，說起來妳現在正派多了啊！
多：（微笑）
H：方便聊聊妳的伴娘嗎？
多：時間到了，奐元！該你囉～

洪奐元（37）
177cm
11月1日生
A型
如果一個人在家，會打掃一整天。
對整潔、規矩、飲食健康非常講究，對於別人工作上的失職，會嚴苛對待。
職業是骨科醫生，為了保持專業形象，會穿西裝上班，即使換上了白袍，還是會打著領帶。
朋友不多，不太熱衷團體活動，也不會去維持交情不深的友誼，但有邀約也不會排斥。
沒有特別熱愛的休閒興趣，不過會為了健康研究養生料理，或為了家中環境而研究居家裝潢等等，出自於實用目的的消遣。此外，因為成皓和多雅的關係，會跟著出遊、看漫畫、看電影。

H：可惡，被轉移了，奐元你好！
元：你好。
H：可以聊聊你跟成皓當時怎麼在一起的嗎？
元：我和他是高中同學。
H：這個我們看前面漫畫就知道了，我們想知道更多細節。
元：他因為半工半讀，成績不太好，我是班長又是數學小老師，常常被老師指派要幫助指導他的成績，久了感情自然而然變好了。
H：但看起來你們家庭觀念、學業、興趣都不太一樣，沒有因為觀念差異不合嗎？
元：吵架是難免，不過隨著認識愈久就愈來愈少，以前大多時候是我單方面生他的氣，他比較常負責道歉，也不太會發火。
H：例如？
元：我記得第一次對他破口大罵是，他騎著我的腳踏車，載我一起去超商買飲料，我要上鎖時，他說一下子不必鎖沒關係，就把我拉進商店裡，結果出來時，腳踏車就被偷了。
H：啊，雖然有錯的是小偷，但還是會讓人生氣。
元：我因此被爸媽臭罵一頓。
H：不過現在腳踏車不能雙載了？
元：是啊，危險。
H：腳踏車雙載真的好青春啊，有這段經歷的人年紀可能都不小了，如果守規矩的話。對了，我記得你跟多雅也是同學？
元：我和多雅認識更久，是國中同學，高中很巧的考上隔壁班，我們三個當時就挺要好的，會一起逛街、去漫畫店、湯姆熊、打乒乓球……只是成皓假日常常要打工，如果只有我跟多雅，會去看二輪片，我們喜歡看完電影之後互相分享心得感想，偶爾也會交換書單。
H：你們好藝文。多雅跟你一樣成績很好吧？都是臺大？
元：當時拚了老命才終於考上臺大，但我在裡面不算成績好的，多雅則是考上輔仁。
H：可以聊聊你跟成皓交往的過程嗎？
元：你想聽什麼？
H：例如……是怎麼確定自己喜歡上他？
元：嗯，那種感覺一開始很困惑，也有點排斥，在他之前我沒有喜歡過其他人，所以挺混亂的，和自我認同糾結了很長一陣子——事實上是好幾年，才好好接受了這樣的自己。
H：原來是初戀，真不簡單。
元：也是順其自然，轉眼就到現在了。
H：你分別最喜歡和最不喜歡成皓哪個地方？
元：他是那種很溫暖的個性，缺點就是有時候太脫線，判斷事情的方式太天真，對了，他的時間觀念也不太好。
H：你看起來不擅長甜言蜜語？
元：你可以去訪問他了。

親子之間缺乏情感交流的關係在亞洲社會非常普遍，奐元不是個特例，在相處密切的情況下，親子的特質不是如出一轍，就是完全相反。掌控慾強、用數落等負面態度來關心的教育方式，會讓孩子在成長過程中無法學習同理心，因為孩子只習慣用命令與忍受的方式溝通。奐元究竟是在哪個人生階段學習到這些事的？或許是成皓漸漸影響他的也說不定。

16 歲開始就是打工仔，從超商店員、速食店、餐廳外場、業務、各種賣場員工……什麼都做過。
職業是倉管人員。
因為氣場太溫順，所以即使身材高大且壯碩，依然常常被上司、前輩欺壓。
一個人的話，會出門去健身房重訓。
喜歡看漫畫，和媽媽回南部期間看到小時候喜歡去的漫畫出租店歇業了，感到很難過。
黃成皓（37）
186cm
7 月 12 日生
O 型

H：嗨！
成：哈囉～採訪辛苦了，做書也辛苦了！
H：應該的，哇，被關心的感覺真好。
成：我很期待這本書出版喔！
H：謝謝，跟你說話感覺格外自在，可能是你散發出來的氣場太親切了。
成：哈哈真的嗎？謝謝。（笑）
H：我們很好奇，你每天看起來都很奔波，怎麼有時間保持體格？
成：呃～有時間啦！除了回南部照顧我媽媽那陣子（執子之手的單元期間），我每週會固定上三、四次健身房。
H：好勤勞，奐元會跟你去嗎？
成：他完全沒有興趣，不過和他天生就是個瘦子比起來，我一鬆懈下來就會發胖，本來就需要特別去維持身材 QQ。
H：你的意志力也挺堅強的，各方面來說。
成：也算是練出興趣來。
H：媽媽身體還好嗎？
成：最近比較穩定了，多虧了有他們的幫忙和陪伴，媽媽連心情都變好了，謝謝關心。
H：你怎麼跟奐元表白的？
成：（驚）話題好跳。
H：反正你們的隱私都差不多被看光了，不用害羞。
成：嗯……我們其實沒有誰對誰表白，當時年紀太小，還沒真的認清自己「喜歡男生」就在一起了，很自然而然的。
H：奐元是你的初戀嗎？
成：在他之前我有和兩位女孩短暫交往過，但是沒有太多身體接觸，雖然這樣說很對不起她們，但我其實沒有很強烈喜歡的感覺，這種也算戀愛經歷嗎？如果也算，那奐元是第三位。
H：原來奐元是你第一位交往的男生啊，那你有喜歡過奐元以外的男生嗎？
成：我從以前就對特定某一型的男生有好感，那種戴著眼鏡腦袋聰明的，小時候喜歡過鄰居大哥哥，高中也喜歡過某位學長，不過都沒有認清那是戀愛的心情，就是心裡默默的暗戀而已。
H：奐元在你背後，他看起來很火大喔。
成：才沒有，他根本不在意（笑）。
H：你最喜歡奐元什麼地方？
成：他有很多優點啊。
H：好的，謝謝成皓！

既然能接受以局外人身分加入傳統家庭，又能將亮亮視如己出，他一定是所有人之中，心地最柔軟的一位，不過也許是因為從小不得不幫忙分擔家計，很早就體認到家人的辛勞，所以特別不願給別人帶來困擾，也習慣壓抑自己、委曲求全吧。只是，委屈永遠不會成全啊，成皓。

有固定交友圈，但私人的事情不太會和人分享。
認為自己沒有特別專長，事實上英文能力不差，TOEIC 考試成績是 800 分。
臺北市的小資租屋族，平時上班疲倦所以三不五時以享樂犒賞自己，例如每年會出國旅遊一趟，畢業至今沒有多少存款，雖然目標是 30 歲之前存到第一桶金，但她表示這只是個夢想。
從小就是電視兒童，可以看一整天的電視劇、電影或動畫，偏好輕鬆或劇情片，害怕恐怖片，尤其是亞洲鬼片。
有近視，平常戴隱形眼鏡。
程家玫（26）
162cm
4 月 28 日生
O 型

H：妳好！

玫：你好。

H：妳看起來有點彆扭，有什麼讓妳不自在嗎？

玫：這個訪談空間很像偵訊室，我覺得很怪，不要把燈打在我臉上，燈光太強了……等等，你沒把現在這個場景畫出來，讀者不知道我在說什麼。

H：放輕鬆，我不會問奇怪的問題的（笑），可以分享一下妳的成長經歷嗎？

玫：我高中讀女校，大學念應用外語系，第一份工作是銀行客服，現在的汽車業務是第二份工作。

H：好像和專業科系沒什麼關係？

玫：沒辦法，很多人都這樣，不過外文能力在很多時候都能派上用場，包括工作。

H：休假的時候，妳通常怎麼安排？

玫：大部分時間會和朋友聚會，或陪陪家人，一個人的時候，我會看電視劇或電影。

H：妳看起來跟父母感情很好。

玫：他們脾氣都不差，大部分的心事都可以跟他們分享，只是比較傳統，必須是他們價值觀能接受的範圍。

H：妳是獨生女嗎？

玫：不，我有一個姊姊、一個弟弟，我排行中間。

H：使用交友 APP 多久了？

玫：還說不會問奇怪的問題……大概半年左右吧。

H：在多雅之前和多少人見面過？

玫：四個。

H：有幾位有進一步交往？

玫：都沒有。

H：所以多雅是第一位有進展的？

玫：……嗯。

H：我看妳們後來感情還不錯，有意願繼續發展嗎？

玫：你不是說，你不會問奇怪的問題嗎！？

相較於前面三位，小玫比較沒有演出深刻的個人經歷，她和許多都市人一樣，與大部分的人保持禮貌的距離，不冷不熱，有著持續但不強烈的寂寞感，生活圈一成不變，有機會就擴展交友，尋找願意相伴的對象，而她也意識到自己交友動機是為了填補內心空缺，為了使內心平靜，她也想學著好好與自己相處、學著如何好好愛自己與別人。

洪閔亮（7）
112cm
5 月 24 日生
A 型

性格發展挺正向的小孩，最近想要的東西是 switch，偶爾會對爸媽吵著想要弟弟或妹妹，然後就會被轉移話題敷衍帶過。

設定是個性比較像奐元，而長相比較像多雅。長大後（18 歲）應該是長這樣吧？

繃啾（4）／露露（5）

繃啾是奐元一家決定一起養的，喜歡吃零食，可以接住拋丟的餅乾；露露則是小玫在大學畢業找到第一份工作時領養的，親近黏人不怕生的貓。

Irene（37）

多雅的前女友兼伴娘，喜歡吃韓式炸雞，性格外冷內熱，其實已經設定好以她為主角的故事了，但不知道何年何月有機會畫……事實上大城小事有許多配角，腦海裡都想好屬於他們的故事了，但就是基於各種理由沒辦法生出來 Q_Q 只能說希望有緣再相見了。

陳素偵

成皓的好脾氣與貼心似乎是遺傳到媽媽，爸爸早年就因病去世，所以成皓和哥哥在畢業之前就開始到處打工。

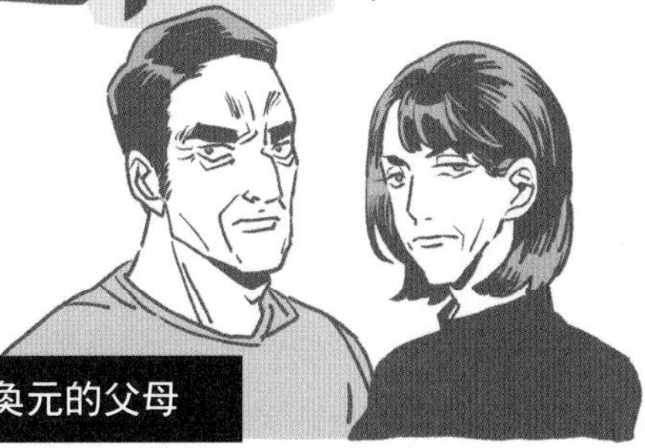

奐元的父母

典型把孩子當作自己的成就（還是 RPG 人生第二回？）來嚴格管教的父母，不會改變自己，也不會自我反省的類型。不過，也是因為奐元特別聽話的關係吧，如果奐元試著叛逆或革命，也許父母不完全是現在這樣也說不定？

亮亮的老師

覺得當老師跟服務業沒有兩樣，似乎不是很喜歡小孩，不過即使很多不滿還是得保住飯碗。他似乎對很多事情都不滿。

有點髒

歡迎～進來坐坐啊！
打擾了。
啊！我們還沒打掃，家裡有點髒，請別介意。
看起來很乾淨啊？
不不不，
妳看這裡、
還有這裡。
這裡、
綳啾的毛
我可是難以忍受呢。
快進來呀？
我站門口就好。

小孩總是大得快

今天誰遛小孩跟狗？
猜拳決定吧。
為什麼不一起出門？
偶爾……也想清靜一下啊。
我懂了。

結語

感謝各位讀完這本書，《大城小事》從最初網路發表至今來到了第六年，時間過得很快，謝謝各位的陪伴，有你們喜歡這部作品，我在創作時不曾感到孤單，覺得非常充實。

這六年的期間，除了創作《大城小事》，為了維生也額外接了不少工作，跟大部分的漫畫家一樣，除了吃飯睡覺，幾乎都在工作，沒有什麼假日休閒，也因此導致我的肌腱炎日漸惡化，我必須戴上兩套輔具將手綳緊才能繼續畫圖。

直到 2018 年，在文化部的幫助下，我到法國駐村一陣子，我推掉了大部分的接案工作，好好享受異地文化生活，減少工作量，以為數個月的休息，肌腱炎大概好了，在那段期間，我開始創作〈冰淇淋與薯條〉，但在畫完〈執子之手〉之後，肌腱炎又開始惡化了，手部的疼痛讓我感到無力與厭惡，至今它仍然時好時壞，隱隱作痛。不論我花多少時間去復健，醫生只會說盡量不要畫圖。所以在《大城小事》第三集作者的話，才說希望這個世界快點研發意念畫圖機啊！

不過身體上的問題比不上心理的瓶頸，這幾年來我感到自己想做的事情，是需要再提升實力才能夠完成的，我需要去充電，去看看各方優秀的作品，看看世界，充實想法，理解世界更多的面貌，再將養分內化，回來提升作品。

另外，我還必須找到長期穩定經營連載的漫畫創作模式，《大城小事》是我比較任性隨意的產物，對生活或社會有什麼感慨才會提筆畫下來，所以它很難以周刊、月刊形式發表，抒發性質高，有些篇章對某些族群來說可能比較有共鳴，但它畢竟形式上像散文，與每一位角色、每一段故事都像萍水相逢。未來可以的話，我會更想嘗試長篇連載創作，只是現在的我還沒準備好，也許我需要組織，需要增加合作夥伴，或者需要……任何更多可能。

無論如何，希望我能夠再成長，到時候再拿出更好的作品與你們相見。

再一次的，謝謝你們陪我至今，下次見囉！

笑什麼啦？

FUN系列060

大城小事 5

BIG CITY, LITTLE THINGS

作　　者─HOM（鴻）
主　　編─陳信宏
責任編輯─王瓊苹
責任企畫─曾俊凱
美術協助─執筆者企業社

董 事 長─趙政岷
贊助單位─文化部

出 版 者─時報文化出版企業股份有限公司
一〇八〇一九　臺北市和平西路三段二四〇號三樓
發行專線─（〇二）二三〇六六八四二
讀者服務專線─〇八〇〇二三一七〇五．（〇二）二三〇四七一〇三
讀者服務傳真─（〇二）二三〇四六八五八
郵撥─一九三四四七二四　時報文化出版公司
信箱─一〇八九九臺北華江橋郵局第九九信箱

時報悅讀網─http://www.readingtimes.com.tw
讀者服務信箱─newlife@readingtimes.com.tw
時報出版愛讀者粉絲團─http://www.facebook.com/readingtimes.2
法律顧問─理律法律事務所 陳長文律師、李念祖律師
印　　刷─和楹印刷有限公司
初版一刷─二〇一九年六月二十八日
初版三刷─二〇二〇年九月二十三日
定　　價─新臺幣三二〇元
（缺頁或破損的書，請寄回更換）

時報文化出版公司成立於一九七五年，並於一九九九年股票上櫃公開發行，
於二〇〇八年脫離中時集團非屬旺中，以「尊重智慧與創意的文化事業」為信念。

大城小事 5 / HOM 作 .
-- 初版 . -- 臺北市 : 時報文化 , 2019.06
冊 ;　公分 . -- (FUN 系列 ; 60-)
ISBN 978-957-13-7829-9 (第 5 冊 : 平裝)

863.55　　108008133

ISBN 978-957-13-7829-9
Printed in Taiwan